在說出再見之前

さよならも言えないうちに

川口俊和
Toshikazu Kawaguchi

在說出再見之前　目次

房木

〈纜車之行〉常客，與高竹奈奈關係密切。請參考《在咖啡冷掉之前》。

?

阿波羅

疋田夫婦所飼養的黃金獵犬，視如己出。

高竹奈奈

醫院護理師，〈纜車之行〉的常客。請參考《在咖啡冷掉之前》。

疋田沙奈緒

因無法生育，而將阿波羅當成自己的小孩，卻因無法陪伴到最後而鬱悶。

夫婦

疋田睦男

疋田沙奈緒的老公，自由業者，很喜歡小孩，也是沙奈緒的精神支柱。

回到過去

回到過去

時田數

〈纜車之行〉的女服務生，負責泡回到過去的咖啡。

回到過去

清川二美子

〈纜車之行〉的常客，曾經回到過去與分手的戀人見面。請參考《在咖啡冷掉之前》。

回到過去

崎田羊二

石森日香里的男友，兩人在密室遊戲中認識進而交往。

石森日香里

對於自己的外在條件非常沒有自信，也對婚姻缺乏信心。

戀人

森佑介

雉本路子的未婚夫，也是鼓勵路子回到過去、解開心結的人。

遊戲同好

遊戲同好

二宮亮

石森日香里暗戀的對象，卻無間意被傷透了心。

※人物相關圖

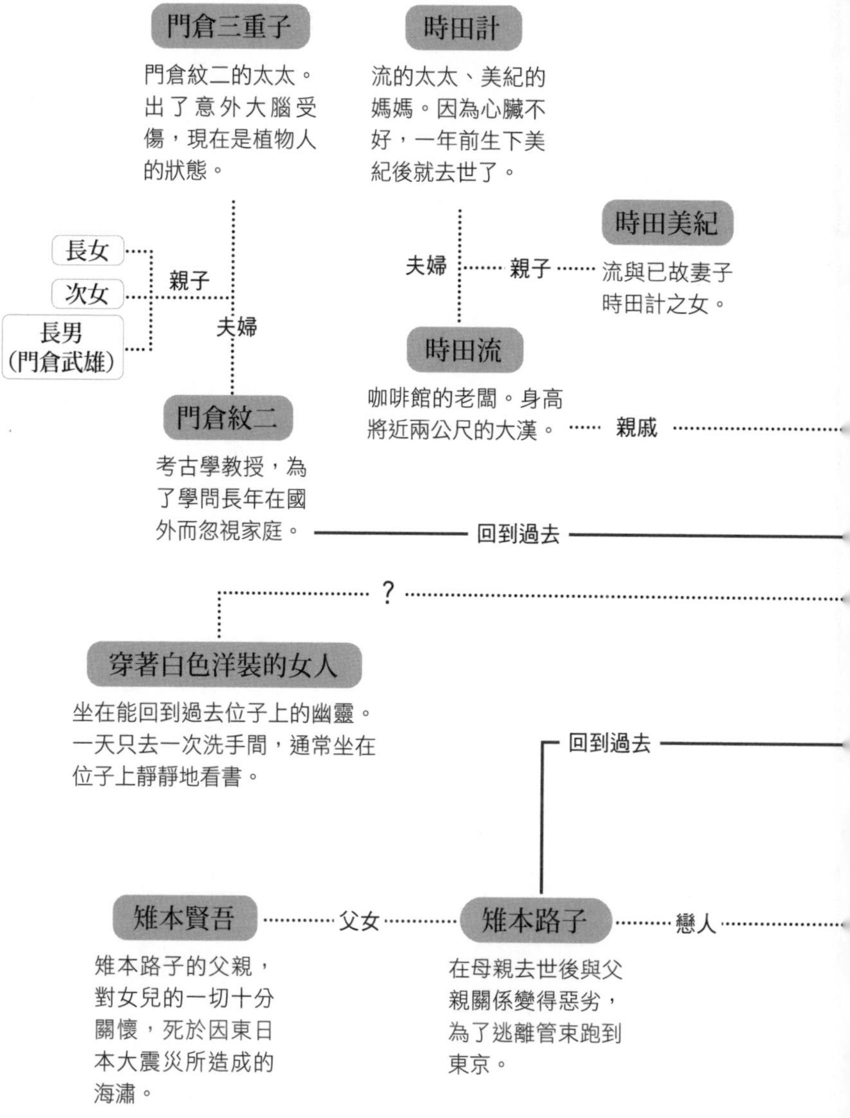
門倉三重子
門倉紋二的太太。出了意外大腦受傷，現在是植物人的狀態。
時田計
流的太太、美紀的媽媽。因為心臟不好，一年前生下美紀後就去世了。
時田美紀
流與已故妻子時田計之女。
長女
次女
長男
(門倉武雄)
親子
夫婦
夫婦
親子
時田流
咖啡館的老闆。身高將近兩公尺的大漢。
親戚
門倉紋二
考古學教授，為了學問長年在國外而忽視家庭。
回到過去
?
穿著白色洋裝的女人
坐在能回到過去位子上的幽靈。一天只去一次洗手間，通常坐在位子上靜靜地看書。
回到過去
雉本賢吾
雉本路子的父親，對女兒的一切十分關懷，死於因東日本大震災所造成的海濤。
父女
雉本路子
在母親去世後與父親關係變得惡劣，為了逃離管束跑到東京。
戀人

序幕

某個城鎮裡，某家咖啡店的某個座位上，有著不可思議的都市傳說。
據說只要坐上那個座位，坐在那個位子上的期間，就能移動到任何你想回去的時間點。
只不過，囉唆的是……有著非常麻煩的規矩。

一、就算回到過去，也無法見到不曾來過這家咖啡店的人。
二、回到過去之後，無論如何努力，也不能改變現實。
三、神秘的座位有人，必須等到那個人離席時才能去坐。
四、即使回到過去，也不能離開座位行動。
五、回到過去的時間，只從咖啡倒進杯子裡開始，到咖啡冷卻時為止。

囉唆的規矩還不止這些。

聽說，這次又多了新的規矩……

即便如此，今天也還是有聽說了都市傳說而造訪這家咖啡店的客人。

咖啡店的名字，叫做〈纜車之行〉。

在這家不可思議的咖啡店裡，這次又發生了四個沁入心脾的奇蹟。

這是《在咖啡冷掉之前》第二年的故事。

第一話　【夫妻】　沒有說出要事的丈夫

「無論如何努力，也不能改變現實？」

門倉紋二搔了搔花白的腦袋，隨著他的動作，櫻花花瓣翩翩飄落在地板上。天花板懸掛式罩燈的微暗光線，把店裡染成黃褐色。

門倉埋頭看著自己寫在筆記本上的文字。

「具體是怎麼回事？」

「這個嘛……」

開口回答門倉詢問的，是時田流，這家咖啡店的店長。他的眼睛像線一樣細，是個身高超過兩公尺的大漢，總是穿著白色的廚師服。

「比方說，這台收銀機，在日本現存使用的同類機器中，算是相當古老的，據說十分貴重，為了防盜本體就有四十公斤重。說是古老，也並不是從開店當時就存在了，這家店導入收銀機是從昭和時期開始。假設某一天，這台收銀機被偷了……」

流在櫃臺後方，咚地打了一下收銀機。

「這樣的話，大家通常都會這麼想吧——回到過去，把收銀機藏起來以免被偷走，然後盯著不讓人走進店裡就好了。」

「確實是這樣沒錯。」

門倉認同地回應道。

「但是，這樣是行不通的。無論怎樣努力防止收銀機被偷，小偷還是會到店裡來，把藏起來的收銀機偷走。」

「這就很有意思了。有什麼科學根據嗎？我想知道因果關係。是某種蝴蝶效應嗎？」

門倉雙眼閃閃發光地望著流。

「蝴蝶效應？」

這次輪到流疑惑地歪著腦袋。

「那是氣象學家愛德華．羅倫茲，於一九七二年在美國科學振興協會上演講發表的理論。日本不是也有個諺語：『颳大風時，賣木桶的就會賺大錢』，跟那是一樣的道理。」

「原來如此。」

「然而，現實不會改變，所以這不是影響，而比較接近修正。這樣一來，蝴蝶效應就不適用了。哇——，真的越來越有意思了。」

門倉一面愉快地喃喃自語，一面在筆記本上快速書寫。

「其實，我們也只知道規矩而已，是吧？」

流轉頭向站在旁邊的數徵求同意。

「嗯。」

數仍舊垂著眼瞼，平淡地回應。

數是這家咖啡店的女服務生，她穿著白襯衫，黑背心，繫著侍酒師的圍裙，正面無表情地擦拭著玻璃杯。

數的皮膚白皙，一雙鳳眼，面容清秀，但卻沒有什麼特徵。看她一眼，然後把眼睛閉起來，就無法想起她到底長什麼樣子。

——這麼說來，還有一個人……

門倉隨著流的視線望過去，驀然他想起來了。

——人影非常單薄，十分沒有存在感……

「所以門倉老師來這家咖啡店，是想見什麼人呢？」

「請別叫我老師了，清川小姐，我早就已經不教學生啦！」

門倉對著插話的清川二美子，靦腆地搔了搔腦袋。

二美子曾經在這家咖啡店回到了過去，為了跟已經分手的戀人見面。現在她是幾乎每天下班之後，都會過來店裡的常客，大多坐在靠近收銀機附近的櫃臺座位上。

「您們認識吧？」

「老師在我上的大學教考古學。除了考古學家之外，老師還是個冒險家，遊歷了全世界。所以老師講的課程內容相當多元化，非常有價值。」

二美子回答了流的問題。

「也只有妳會這麼說。而且妳的成績總是名列前茅，是個相當優秀的學生。」

「哪裡，哪裡有……我只是，討厭認輸而已。」

二美子謙虛地擺擺手。

話雖如此，二美子在高中時期，就自學了六國語言，大學以第一名畢業。這可不單純只是討厭認輸就辦得到的。

門倉雖然已經不再教書，卻還記得這位才女。

「老師，所以呢？」

「啊，喔喔，我的事情是吧？其實……」

門倉把視線從坐在櫃臺隔壁位置的二美子身上移開，望著自己交握的雙手。

「我太太……我想，再跟我太太說說話。」

他低聲喃喃道。

「跟師母？難道……」

二美子神色複雜地望向門倉的臉，雖然她沒說出「去世」兩個字，門倉也明白她的意思。

「啊，不是的，她還活著。」

聽到門倉的回答，二美子的表情才和緩下來。不過，門倉的表情仍舊很沈重，顯然還有什麼隱情。

二美子跟流都一言不發，等待門倉繼續開口。

「她是還活著，但因為出了意外大腦受傷，現在是植物人的狀態，馬上就要兩年半了。據說植物人通常大概僅能存活三、五年，我太太從年紀上看來，也是到了隨時可能撒手都不奇怪的地步了。」

「原來如此啊！那您難道是想回到過去，讓尊夫人避開意外嗎？如果是這樣的話，那很遺憾，剛才已經說過了……」

流惋惜地陳述著。

門倉聽了輕輕地搖了搖頭，試著想解釋。

「不是的，本來是有點期待，如果運氣好的話或許可能吧！但是沒關係，現在，老實說……」

門倉語頓了一下，抓了抓眉毛上方。

「我純粹是有興趣。」

他說完，自己尷尬地哈哈笑起來。

「這是怎麼說？」

二美子感到疑惑。

「能夠回到過去，但是現實卻不會改變。這不是很有意思嗎？」

門倉雀躍不已，他的眼神像是孩子一樣，但隨即又垂頭喪氣。

「太不像話了，太太都成了植物人，我還這個樣子。」

「啊，沒有啦！」

二美子唇畔扯出一抹苦笑。

——確實是太不像話了。

事實上，二美子心裡也不以為然。

「我就是這樣的性子，所以太太吃了很多苦。年輕時，我就沈迷於考古，一直都只做自己感興趣的事情。結果當了冒險家，環遊全世界，更是常常很久都沒回家。然而，我太太從來都不抱怨，守護著家裡，撫養孩子。孩子們長大離家了，不知怎地就只剩下我跟太太兩個人。即便如此，我還是跟以前一樣，拋下太太，自己全世界亂跑。有一天，當我回國時，太太已經變成植物人了。」

門倉一口氣說完，從手上的筆記本裡抽出一張照片。

照片上是一對年輕的男女，流跟二美子馬上就認出那是門倉和他太太。照片上的背景很熟悉，像是這家咖啡店裡的巨大落地鐘。

「這是大約二十四、五年前在這家咖啡店拍的。立刻顯影的照片，你們知道嗎？」

「拍立得嗎？」

二美子不確定地回答。

「現在大家都這麼叫沒錯。拍攝當場的顯影照片，在那個時候非常流行，而這家店的女店長有這樣的相機，說『留個紀念』替我們拍的。」

「那是我母親，她很喜歡流行的事物。說是留念，一定只是想跟你們炫耀而已。」

流聳聳肩膀，無奈地笑道。

「還跟我太太說：『這是護身符，要隨身帶著喔！』當然啦，照片能當護身符，完全沒有任何科學根據。」

門倉一邊說著，一邊晃動著照片。

「所以，您想回到照相的那天嗎？」

「不是的。我在那之後就再也沒來過這家咖啡店了，但我太太好像不時會在這裡跟孩子們見面。因此，我想回到我太太變成植物人之前的那兩、三年。」

「我知道了。」

流瞭解地回應道，接著瞥了坐在店裡最裡面的桌位，穿著白色洋裝的女人一眼。女人有著白得透明的肌膚，黑色長髮，靜靜地看著書。

「您還有其他的問題嗎？」

「這個……」

門倉把照片夾回筆記本裡，翻開剛才寫下規則的那一頁，又把臉埋了進去。

「我覺得這跟剛才確認過的，『現實不能改變』的規則有關……」

「是什麼呢？」

「從未來回到過去的人所說的話，是否會留在過去世界當事人的記憶裡呢？」

「哎？什麼，這個……」

流一時之間不明白門倉問題的含意，皺著眉頭把腦袋歪向一邊。

「對不起，我說得不夠清楚。」

門倉抓抓腦門。

「因為規矩的某種約制力，所以現實不能改變，這我明白。但是，我想知道規矩除了約制『現實』之外，是不是也會影響『記憶』。」

流即使聽了解釋，頭頂還是繼續冒出問號。

「也就是說，知道了收銀機將會被偷的人的記憶，會不會被規矩抹除甚至竄改呢？」

「原，原來如此。」

流終於聽懂了，將雙臂交抱在胸前沉思。

「所以，實際上是怎樣呢？」

二美子也湊了過來，好奇地問流。

「哎，這個嘛……」

——真是的，我完全沒想過這個問題吔！而且，門倉為什麼會介意這個問題啊？

流沒有立刻回答，而是不明所以地在心裡暗忖著。

據流所知，在此之前從來沒有人介意過這種事情，現下在門倉旁邊望著流的二美子，也是其中一人。

只不過，這家咖啡店的規矩是：曾經回到過去的人，就不能再次回去了。

既然這樣，現在的事情已經跟二美子毫無關係。即便如此，她仍舊像是門倉的助手一樣問個不停。

流皺起眉頭，額上滲著汗，細長的眼睛瞇得更細了。

「唔——」

他只能發出含糊的哼聲。

「記憶不會受到規矩的影響。」

驀然傳來如此肯定的聲音，說話的是在流旁邊擦完玻璃杯，開始疊紙巾的數，她的聲音通透清澈。

這明明是很重要的回答，但她折疊紙巾的手卻沒有停下來過。

「人就算知道事實真相，也能裝成不知道的樣子說話。知道收銀機會被偷的人，就算早知道會遭竊，也能假裝不知情，等著那一天的到來。規矩限制的，只有『假裝不知情』的部分而已，並不會干涉記憶；也就是說，不會就此不知道這件事。然而，一直到收銀機被盜竊那天為止，知道的人都會一直惴惴不安地過日子，只因為心裡明白，收銀機一定會被偷走。不過，知道了這件事，該怎樣應對？要如何繼續過日子？都得看當事人的決定。總而言之，問題在於如何接納？而記憶以及隨著記憶而生的感情，都是當事人自己的東西，這部分規矩是不會干涉的。」

門倉聽了數的說明，表情豁然開朗。

「原來如此，太好了，我想知道的就是這個。這樣的話，我就沒有顧慮了。麻煩您，請讓我回到我太太變成植物人之前。」。

門倉從櫃臺的座位上站起來，深深地低頭請求。

「我明白了。」

數平靜地回答。

二美子看著數，讚賞地拍拍手；流則是驚愣得一時說不出話來。

這並不是新的規矩，而是第二條規矩的潛規則，是門倉的問題讓這個事實浮出了水面。

回到過去無論如何努力，也不能改變現實。

只不過，規矩限制的只是跟事實不能改變的相關情況，並不會干涉當事人的記憶。

門倉在意的並非現實不會改變這條規矩，而是對記憶的影響。

——這可能是非常重要的一點也未可知。

明白了規矩的深意，流睇起柳葉般的細眼，抬頭望著天花板。

「那麼，關於其他的規矩……」

數繼續進一步說明規矩。

然而，對門倉而言，其他的規矩並不重要，回到過去不能離開座位，還有時間限制，他也不在乎。

「我知道了。」

門倉只簡單地回應。

只不過，當數講到穿著白色洋裝的女人，並提及其身分是幽靈，要是強迫她離席的話就會被詛咒的時候，門倉的眼睛又開始像小孩子一樣，好奇地閃閃發光。

「我還沒辦法相信她是幽靈，但是對於詛咒我很感興趣。考古學的領域裡，也有據說是真的那種咒術的說法。我閱讀過非常多關於超自然現象的文獻，但是全部都沒有科學根據，我也沒有遇過真的被詛咒的人。要是能夠見到的話，我想被詛咒一次看看。」

「哎？」

二美子驚呼出聲。

「您是認真的嗎？」

「是的，當然，我好激動。剛才，清川小姐說妳被詛咒過？那是怎樣的感覺？我要是強迫她怎麼樣的話，是不是也可以被詛咒呢？」

門倉的話讓二美子和流面面相覷，互相聳了聳肩膀。

——跟媽媽真像。

流不由得在心中咕噥著。

流的母親非常自由奔放，喜歡到處遊蕩，也曾經有自稱「冒險家」的時期。只要是自己感興趣的事物，都發揮能夠稱之為貪婪的行動力，時常將家庭置之於不顧，突然就會變了一個人。

於是，在流出生前，她就跟流的父親離婚了；流出生之後，她就把孩子交給妹妹，也就是數的母親，自己跑到國外居住。現在據說是在北海道，但卻沒有告訴大家聯絡方式，仍舊我行我素地過著日子，所以人到底在哪裡也說不準。

——這樣的話，他太太一定過得很辛苦。

望著跟自己媽媽有著同類氣息的門倉，流萌生出對門倉妻兒的同情。

「並不是辦不到，但是實在不建議這麼做。」

他略微冷淡地建議。

「那還是，麻煩你們了。」

門倉用哀求般的眼神說道，他的眼睛裡完全沒有半絲半毫的惡意。

——沒辦法，這樣就完了。不管說什麼，他一定不會放棄的。

流在心中嘆息著。

「只能一次喔！」

「非常感謝！」

流一面在心想嘀咕著這事情的發展實在有夠詭異，一面敦促門倉走向白衣女子。

門倉面露緊張的神色，從口袋裡拿出手帕，擦拭額頭和手心的汗，站定在白衣女子面前。

「可以麻煩您讓一讓嗎？」

門倉望著白衣女子的面孔，後者沒有任何的反應，表情也完全沒變，依舊繼續看著一本叫做《想成為貓的狗和想成為狗的貓》的小說。

「咦？這個人，好像是……」

門倉盯著女人的臉喃喃自語。

「怎麼了嗎？」

「啊，沒有，沒事沒事。所以，強迫她離開就可以了吧？」

「是的。」

「我知道了，那麼我就開始了。」

門倉深吸一口氣，逼近白衣女子。

「那個，不好意思，請您離開這個位子好嗎？」

門倉說著，伸手輕推女子的肩膀，但女子沒有任何反應。

門倉求助似地望向流。

「再強硬一點。」

「好，好的。」

門倉彷彿下定了決心，攫住女子的肩膀。

「對不起！請您離開這個位子！」

他大聲說著，並用力搖晃她。

就在此時——

「！」

白衣女子雙眼驟然暴睜，怒瞪著門倉。

就在這個瞬間——

「嗚！」

門倉突然悶聲跪倒在地，店內的照明像蠟燭的火焰一樣搖晃，不知從何處傳來彷彿亡靈低語的詭異聲響。

剛才面色白皙，文靜地看著書的女子臉色驟變，探出上身，睜大雙眼恫嚇地怒視著門倉。

「這，這就是詛咒吧！覺得身體好沈重，而且好痛啊啊啊，骨頭像是要斷了一樣痛痛痛！啊啊，這就是詛咒！第一次體驗到了！好重，身體不聽使喚，動彈不得，好像蓋了一床鉛做的被子，好重！」

門倉帶著愉快的表情趴在地板上。

「這樣可以了嗎？」

流不耐地開口問道。

不知何時拿著銀咖啡壺的數，已經站在流的旁邊。

「呼、呼，不，再一會兒。我現在正在被詛咒，這麼珍貴的體驗，是很難碰到的……」

「這樣啊！」

流重重地嘆了口氣。

二美子坐在櫃臺的位子上，低頭看著趴在地板的門倉，吃吃地笑起來，覺得眼前的景象有些荒謬。

「啊！」

過了一會兒，門倉整個身體呈大字型貼在地上，像是快要喘不過氣來一樣，喉間發出意義不明的咻咻聲，搞不好已經說不出話來了。

「數。」

流覺得再這樣下去可能會有危險了，於是開口喊了數。

「咖啡要續杯嗎？」

數走向披頭散髮瞪視門倉的白衣女子，淡然地問道。

話一出口，正要越過桌面撲向門倉的白衣女子，立刻恢復了平靜。

「麻煩妳了。」

女子開口說完，便漠然地坐回椅子上，同時店裡的照明恢復了原狀，亡靈低語的詭異聲響也消失了。

詛咒解開了。

「呼哈。」

門倉的呼吸恢復了正常，雖然咻咻地喘氣，但抬起頭來的面孔，卻跟孩童一樣充滿了天真的喜悅。

白衣女子喝了一口咖啡，再度開始祥和地看書。

「原來如此、原來如此，這就是詛咒呢！嗯、嗯。」

門倉慢慢地從地板上爬起來，走回櫃臺的位子將筆記本攤開，非常迅速地開始書寫。

流完全驚呆了，二美子則一副事不關己的模樣嘻嘻地笑著，只有數像是無事發生般一臉平靜。

門倉還默默地記著筆記，二美子卻突然轉頭看向流。

「對了，美紀呢？我是來看美紀的。」

她別有用心地開口問道。

美紀是流和太太時田計的女兒。

「不是昨天才看過嗎？」

「是看過了。」

「也看得太多了吧？」

「有什麼關係。她可愛啊！每天看也不厭倦的。」

「妳說什麼啊！」

雖然話聲冷淡，但流細長的雙眼明顯地彎了起來，心裡很是高興。

「在睡覺嗎？」

「在裡面。」

「可以去看她嗎？」

「請便。」

「太好了。」

二美子從櫃臺位子上下來，拿出包包裡的手機。

「妳也拍太多照片了吧？」

「今天要拍影片。」

二美子拋出一個燦爛的笑容，消失在裡面的房間裡。

「小孩子，有那麼可愛嗎……」

寫完筆記的門倉，抬頭望著二美子走進去的房間，不解地嘟噥。

「啊，對不起，我的意思不是您的孩子不可愛。我自己也有兩個女兒和一個兒子，現在三個都已經成人，我連孫子都有啦！」

「難道不可愛嗎？」

流疑惑地反問。
「我不知道吔！小孩出生的時候，我幾乎都在國外；回家的時候，小孩已經長大了。我二女兒還跟我說過：『歡迎再來玩啊！』」
門倉咯咯地苦笑著。
「現在回想起來，我可能根本不應該結婚生子。孩子不知不覺間就長大了，上了國中、高中，我根本不知道該怎麼和他們相處。即便如此，我太太也什麼都不說，總是笑著送我出門。」
「您後悔嗎？」
面對流的質問，門倉沈默了許久。
「我可能後悔自己並沒有後悔也說不定，我想當能後悔的人。」
他認真地回應流的提問。
「接下來，我該怎麼辦才好？」
「哎？啊，那個，我不……」

流不知所措地睜大了細眼。

「喔，不是不是，我是指回到過去的事。」

「啊，那件事啊！」

「對不起，是我扯開話題了。」

「沒關係。」

流擦拭了一下額頭上滲出的冷汗。

「要回到過去，首先就是等她空出那個位子。她每天一定會去一次洗手間，趁那個時候坐上她的位子。」

「她是幽靈，還會去洗手間？這也非常有意思。」

「只不過，不知道她什麼時候會去洗手間。」

「你的意思是？」

「只能等待。要是想強行坐在那位子上，就會跟剛才一樣。」

「被詛咒。」

「是的。」

「我明白了。這裡能點餐吃嗎？」

「當然可以。只要您點，就算是菜單上沒有列出的品項，有材料的話，也能幫您做。」

「知道了。那能幫我做一份親子丼嗎？」

「親子丼是嗎？」

「是的，以前我太太經常做給我吃。拜託了！」

「這樣啊！好的。」

流說完，轉身走進廚房裡。

門倉又攤開筆記本，繼續埋頭書寫。

店裡只有數跟白衣女子，以及門倉三人。

——好安靜。

通常咖啡店放的背景音樂都以古典或是爵士為主，在舒緩的音樂中，享受一杯咖啡，這也是來咖啡店的樂趣之一。

然而，這家咖啡店不放音樂，耳邊能聽到的聲響，只有三座從地面一直延伸到天花板的巨大古董落地鐘，咔噠哐噹走動的聲音。

三座落地鐘的時間都不一樣。門倉看了看自己的手錶，發現只有中間的落地鐘的時間是正確的，另外兩座不知道是快了還是慢了。第一次來的客人，也有因為店裡沒有窗戶和陽光，而感覺到時間有些錯亂。

門倉置身在這個空間，想起第一次來這家咖啡店的情形，也覺得彷彿就在昨日。

「其實，我見過這位女士。」

門倉突兀地對著數開口。

「之前拍那張照片時，就在這裡見過她。我起初以為看錯了，畢竟已經是二十四、五年前的事情了。」

門倉望著白衣女子，回憶地說道。

數停下擦拭玻璃杯的手，靜靜地聽著門倉說話。

「但是，我並沒有看錯。就是她，那個時候在這家店裡，替我和我太太泡咖啡的女士。要是說有什麼不同，那就是頭髮的長度而已，連憂鬱的眼神都跟當時一樣。她為什麼會坐在那個位子上呢？這到底是……」

啪嗒！

門倉話說到一半，突然響起書本闔上的聲音。

只見那個白衣女子闔上了書，慢慢地站起身來，然後悄然無聲地通過坐在櫃臺位子上的門倉背後，消失在洗手間。

門倉望著女人走進去，轉身看向空出來的位子。

「位子上沒人了吔？」

「是的。」

「坐在那個位子上，就能回到過去，是吧？」

「就是這樣。您要坐嗎？」

「當然要。」

門倉說著，離開了櫃臺位子，走到白衣女子之前坐著的桌位前。只不過，他沒有立刻坐下，只是緊緊盯著那張椅子。

椅子的腳是曲線優美的貓腳狀，椅墊和椅背都繃著淺苔綠的布墊，雖然是古董複製品，但一看就知道價值不斐。

門倉雖然對椅子並不瞭解，也明白這家店的椅子是一把數十萬日圓的高級品。然而，他介意的並不是價格……

「感覺跟其他的椅子沒什麼差別呢！」

門倉蹲下來，伸手撫摸椅墊，很想知道這張能讓人回到過去的椅子，跟其他的椅子有什麼不同。

「很冷，不對，這張椅子的周圍空間好像都被寒氣包圍。這到底是怎麼回事？只有空間是特別的，椅子則跟其他的東西一樣？要是換一把椅子會如何呢？」

門倉轉過身想詢問數，但她已經不在櫃臺。

門倉不以為意地繼續嘟囔，接著慢慢地將身體挪移到桌椅之間。

「嗯，確實沒錯，一坐下來馬上就能明白。並不是椅子冷，是這個空間有寒氣。」

他緩緩地把手伸離身體，朝向外面，用手心測試微妙的溫度差異。

「從這裡開始，這裡、這裡和這裡的溫度有明顯的不同。從這張桌子的正中央開始，包括椅子在內，只有大約這八十吋的四方空間，不知怎地是特別的吧？」

就在門倉沉浸在自己的探索世界時，數已不知不覺從廚房走過來，她端著一個放著銀咖啡壺和純白咖啡杯的托盤。

「在我想來，可能回到過去只限於這個八十吋的四方空間，不知道是不是這樣？」

門倉自顧自地喃喃自語，也不管數在不在場，他的腔調完全都沒有改變過。

「正如您所說。」

「原來如此、原來如此。嗯、嗯。」

門倉又開始在筆記本上書寫。

數收拾好白衣女子用過的杯子時，流從廚房裡走了出來，他手上握著木製的大杓子。

「那個……」

「怎麼了？」

「親子丼，怎麼辦？」

「啊，對了！」

門倉停下寫筆記的手抬起頭。

大家都沒想到白衣女子這麼快就離開了座位。

「您有什麼打算呢？回來再吃也可以嗎？」

「當然可以。」

「那就等回來再吃吧！」

「我知道了。」

門倉抽了抽鼻子。

「聞起來好香啊！很期待回來享受美食。」

他笑著對流說。

「我等您回來。」

流細長的眼睛彎了彎，再度走回廚房。

「那麼，我就……」

門倉坐直身子，對著數點頭示意：拜託妳了。

數默默地走到門倉的椅子旁邊，門倉望著她的臉，頓時覺得背上竄過一股寒意。

——真像，跟剛剛坐在這裡的幽靈……

白皙瑩潤的肌膚，細長的水眸，略帶晦暗的陰鬱表情，骨架更是相像，簡直可以說是影子。

這可能只有門倉這樣善於觀察評定的人，才看得出來也說不定，但他還是很確定。

——她們一定是母女。

白衣女子是媽媽，眼前這位女服務生是女兒。

——真想知道為什麼？

門倉如此思忖，卻沒有問出口。

自己的母親變成幽靈，不會變老一直坐在這裡，想也知道其中必然有不簡單的緣由，但這不是有興趣就能隨便探問的事情。

——即便如此，還是想知道。

「那個……」

——不，不行。

門倉在心裡用力搖頭，努力甩掉腦中的衝動。

——現在只要想回到過去的事情就好了。

「請繼續。」

門倉抬起頭重新下定決心說道。

數彷彿在等待他似的，將空的咖啡杯放在門倉前面。

「現在我將為您倒咖啡。回到過去的時間，只從我將咖啡倒進杯子後開始，到這杯咖啡冷掉時為止。」

「好的，這我知道。」」

「回到過去之後，請在咖啡冷掉之前全部喝完。」

「冷掉之前喝完嗎？」

「是的。」

「為什麼呢？」

「要是沒有在冷掉之前喝完的話……」

「沒喝完的話會怎樣？」

「您就會變成幽靈，一直坐在這個位子上。」

「哎！」

這是他今天發出的最大驚嘆聲，連被詛咒時他都沒叫這麼大聲。

不只是因為沒把咖啡喝完就會變成幽靈，這要是事實的話，門倉以前在這家店看見的女服務生，保持著當時的模樣，坐在現在這個位子上的謎團，就完全解開了。

要是門倉想得沒錯的話，白衣女子就是眼前這位女服務生的母親。

——這到底是怎麼回事啊？

門倉驚訝地望著數。

「她為什麼……？」

他不由得脫口而出。

「啊，對不起。不，妳不用回答，不必介意。請繼續吧！」

門倉極力想取消自己的發言，只是話都已經說出口了，怎樣設法挽回都沒有用。

「那位女士是去見過世的丈夫。」

數完全面不改色地回答了門倉的問題。

「這，這樣啊……」

數稱呼自己的母親「那位女士」，讓門倉胸口一緊。

「那位女士很清楚這家咖啡店的規矩，但還是不自覺地忘記了時間，當回過神來時，咖啡已經冷了……」

「就變成了幽靈？」

「是的。」

「原來如此。」

門倉皺著眉頭喃喃道。

雖然是回到過去的規矩，在此之前聽到的都只是麻煩而已，還不至於到危險的地步。

不能見到沒來過這家店的人、不能離開座位、不能改變現實，這些都沒什麼風險。

親身體驗過詛咒之後，雖然很痛，但也不是不能忍耐。人的身體上，本來就是有一被施力就會感到疼痛的部位，那種感覺就像是押到痛點一樣，現在反而感到神清氣爽。

老實說，經歷過詛咒後，他長年的五十肩都好了，搞不好這只是名為詛咒的健康按摩也說不定呢！

然而，這次的規矩卻迴然不同。

——要是沒發現幽靈跟她是母女的話，或許還不覺得風險有那麼大吧！

門倉已經決定好回到過去看見妻子之後要說什麼了。

——應該不會花太多時間吧？

回到過去的時間僅限於咖啡冷掉之前，他並沒有特別驚訝，也覺得十分充裕。只不過，當他發覺她們兩人是母女關係時，又另當別論了。

——這個規矩真的太殘酷了。不，可能因為她們是母女，所以感覺特別殘忍吧！

門倉深呼吸了一下，讓自己平靜下來。

——現在我只要專心回到過去就好。

他如此告訴自己。

「總之，只要在咖啡冷掉之前喝完就可以了吧？」

「是的。」

「我知道了。那請幫我倒咖啡吧！」

數聽到門倉這麼說，便慢慢舉起拿著銀咖啡壺的右手，門倉著迷地望著她的動作。

數把咖啡壺舉到胸口，靜靜地眨眼，一切都如行雲流水般優雅。

——真好看。

門倉不由得嘆息。

數垂下視線，望著空的咖啡杯，店裡的氣氛突然緊繃了起來，門倉也感覺到了。

店裡只有三座落地鐘咔喳哐嘡走動的聲音。

突然間，最左邊的落地鐘響了。

咚——咚——咚——

數彷彿一直在等這個信號，她鄭重地開口。

「那麼，在咖啡冷掉之前。」

她的輕聲細語在店裡響起，緊張的空氣似乎更進一步，像過電一樣震顫了一下。

——包圍我的這個空間，好像也變得更冷了。

儀式繼續進行，數以慢動作開始將咖啡倒進杯子裡，注滿的咖啡杯上裊裊升起一縷熱氣。

——啊！

門倉所在的八十吋四方空間，開始跟熱氣一樣搖曳晃動起來，一種猶如暈眩般的奇特感覺包圍了門倉。

——怎麼回事？身體變成熱氣了？

門倉望著自己化為熱氣的手，他的身體漸漸上升，周圍的景色開始從上到下流動。

——竟然能夠體驗到這種不可思議的感覺！

門倉專心地凝視周遭的景色，要是變成熱氣的手還能用的話，他搞不好會拿出筆記本開始書寫。

——早知道會這樣，就錄影了！

門倉奮力望著流動的景色，他在逐漸消失的意識中後悔著。

他的妻子三重子是很文靜的女性，話很少，從來沒有所謂自己的意見，什麼都照單全收，不曾提出過任何反駁。

三重子曾經離過婚，聽說跟前夫是相親結婚的。

記得我問她：「為什麼會離婚？」

她回答：「被人說是無趣的女人。」

跟三重子也是相親認識的，當時我三十一歲，三重子二十八歲。那個時候，我已經一頭栽進考古學，幾乎沒有時間住在租來的公寓裡。

「我這個人沒法結婚的，而且既沒有錢，也幾乎都不回家，誰願意跟我這樣的人結婚呢？」

我雖然這麼說，但愛管閒事的姑媽還是強迫我跟三重子相親。

「沒有問題的。」

三重子這麼回答。

——話雖如此，總有一天還是會忍耐不住想離婚吧？我不是能擁有一輩子伴侶的人，除了考古學，我也只關心自己有興趣的事物。像我這樣的人，沒辦法讓別人幸福的，光顧自己都顧不來了。

當時我是這麼想的，不，現在我也仍是這麼想。

只不過，三重子連離婚的「離」字都沒提起過。

「自己小心，請多保重。」

她雖然話很少，當我出門時一定帶著笑臉送我。

我一走就是好幾個月，但一回到家裡，她會像是我早上出門上班回來一樣迎接我。

「歡迎回來。吃飯了嗎？」

婚後，我比自己想像中還喜歡說話，旅遊回來會把考古挖掘發生的事情記錄下來，也會跟三重子講述各種見聞。

「這個嘛，其實我完全聽不懂。」

每當聽我說完之後，三重子一定會這麼說。

即便如此，三重子也從來不曾打斷我的話，總是聽我說到最後。

我並不是要人理解我，只是想要有個聽眾而已。

我也知道大家都覺得我是個怪人，認為我很孤僻，但以前的我覺得孤僻也無所謂。

是三重子給了我容身之處。

然而，當孩子們出生之後，周遭有些情況有了變化。

「都有孩子了，多少該有點當爸爸的樣子吧？」

身邊的同事們都對我這麼勸說，只是這比我想像中更有壓力，因為我早就知道自己沒辦法當個好爸爸。

當初結婚也一樣。跟三重子相處愉快，是因為三重子是個特別的人；但是孩子們想擁有跟別人一樣的爸爸，想要跟別人一樣的家庭。

即便如此，我也沒有改變。

「下次再來玩喔！」

當次女對我這麼說時，我也沒特別驚訝。

——說得好啊！

還在心裡這麼想，甚至認為這個孩子很有幽默感。

幸好我的研究獲得了認可，在金錢方面不至於不自由。孩子們成人之後，我能做的也只有替他們買房子而已。

「終於做了父親該做的事情。」

長女如是說道。

其實我不明白這算不算父親該做的事情，因為我對金錢沒有興趣，有錢也不是我刻意的，只是在三重子的建議下，將對自己而言沒有價值的東西花掉，買了房子給他們而已。

「我住這棟公寓就可以了。」

我也想替三重子買房子，但她拒絕了，所以我跟三重子一直住在同一間公寓裡。

對我而言，不過只是偶爾回去的地方，三重子卻說那裡就很好。

我要是跟三重子以外的女人結婚，很可能不會這麼順利。

只是，三重子心裡究竟是怎麼想的呢？現在已經沒辦法確認了。

「媽媽好可憐啊！」

「對她好一點吧！」

「現在媽媽已經自己一個人了。」

孩子們都很擔心三重子。

「你要能當個普通的爸爸就好了。」

我兒子在小學時曾對我這麼抱怨過。

——普通的爸爸……到底是怎樣的爸爸呢？

當時我滿頭霧水，完全不明白。

我想要的幸福，孩子們一定也完全沒辦法理解吧？

即便如此，我也跟三重子一起生活到現在。

三重子出意外，變成植物人，據說看不見也聽不到了。

明明是讓人十分難過的事，但我卻不知道該怎麼難過才好。

她還活著，我旅行回來的歸處，變成三重子躺著的病房。因為對我而言，唯一的歸屬，就是三重子所在的地方。

「聽我說，這次我有了很有趣的發現喔！」

我一如既往說著有點艱深的內容，但別說三重子聽不聽得懂了，我的話甚至傳不到她的耳中。

三重子陷入植物狀態，已經兩年半了。

「並不是沒有醒來的可能，但考慮到病人的年紀和體力，最樂觀大概還能撐一年，不知道能不能撐過半年。」

主治醫生這麼說。

「原來如此，這樣啊，我明白了。」

那個時候，我第一次體會到「後悔」是什麼樣的感覺。

我一直都只為自己感興趣的事物而活，我以為自己沒有任何遺憾。

只不過，我還能做一件事……

我要回到過去，跟變成植物人之前的三重子見面。

——把忘記跟她說的話，好好說清楚。

是的，我必須這麼做。

☕

「爸爸？你怎麼會在這裡？」

長女驚愕的聲音讓我清醒過來，她抱著我的長孫，在收銀台前面驚詫地望著我。

我舉目四顧，店裡跟我回到過去之前沒有任何不同。罩燈投下暈黃的光線，天花板上旋轉的木製吊扇，還有三座時間都不一樣的大落地鐘。

要不是長女抱著長孫，我可能無法分辨這是不是三重子變成植物人之前。因為孫女現在已經六歲了，但眼前長女抱著的孩子，怎麼看頂多只有兩、三歲左右。

也就是說，我回到了三、四年前。

——但是，沒看見三重子啊！

店裡很狹小，從門口到最裡面的座位，都沒有死角，櫃臺後面只有替我泡咖啡的女服務生。

「哎，爸爸？怎麼回事？」

次女從長女背後探出頭來。

「咦？媽媽，爸爸不知道為什麼在這裡吔？」

兒子的臉一閃而過的訝異，立刻回頭叫道。

「唉喲！」

三重子好像是跟孩子們一起來的，她看見我，慢慢走了過來，在我對面的位子上坐下。

「歡迎光臨。」

女服務生端出冰水，三重子點了咖啡，次女跟兒子在店中央的桌位坐下，兩人都點了冰咖啡，只有長女抱著孫女站在我們桌子旁邊。

「我要檸檬氣泡水，這個孩子喝牛奶，可以幫忙稍微熱一下嗎？我們坐櫃臺就好。」

她對女服務生如此說道。

「我知道了。」

女服務生說完，微微彎腰鞠了個躬後，走向廚房。

「你要來的話，不會說一聲嗎？」

「但你不是在法國的挖掘地點？」

「媽媽，妳知道爸爸要來嗎？」

長女跟次女輪番炮轟，三重子搖搖頭。

——法國？原來如此，所以這是三年前的六月左右……

我回想了一下，整理出大概的時間點。

三重子遭遇意外陷入植物狀態，是距離現在半年後的十二月底，接近聖誕節的時候。女兒們說，三重子走在人行道上，被一面騎自行車一面玩手機的人撞倒。當時雖然倒地撞到了頭，三重子還是站起來，渾然無事地走回家。只不過，在公寓前面突然失去了意識，昏倒在地。鄰居叫了救護車送醫，她卻再也沒醒過來了。

——真的事出突然。

植物狀態的意思，就是持續性意識障礙，負責思考、視覺、聽覺、下決定的大腦部分發生了故障，無法正常運作，但負責呼吸等的生命機能的下視丘和腦幹仍舊在運作。

腦死，是腦部機能完全喪失，連呼吸都只能靠人工呼吸器，即便裝上人工呼吸器，也只能延續約兩星期的生命。然而，隨著患者狀態不同，也有可能昏睡兩年到五年。過去曾經有位阿拉伯大公國的女性，在昏迷二十七年後醒來的紀錄。

——雖然說三重子因為年齡的關係，可能已經拖不久了……

坐在面前的三重子，完全想像不到自己將來會變成那樣吧？就算現在告訴她要小心意外，現實也不會改變。

我很明白，只不過……

——或許可能！

我還是忍不住這麼期望。

——這個世界上，沒有什麼是絕對的。

或許規矩也可能出錯，三重子逃過了發生意外的瞬間，無法斷言絕對不可能。發生意外的時機也可能出差錯，一年、或是兩年，甚至可能五年、十年。或許變成植物人的現實無法改變，但時間上出錯的可能性還是有的吧？

我心中出現了兩個選項。

——相信規矩，把想說的話告訴三重子，不要讓三重子跟孩子們添加不必要的憂慮，不要說出意外的事情。

這是我最初的想法。

——賭一下繞過規矩的可能性，除了跟三重子說要說的話，保險起見，再告訴她會出意外的事。

既然有可能性存在，那我決定賭一把，看時機會不會錯開。

「並不會就此不知道這件事。」

這時，腦中突然閃過女服務生說過的規則。

這句話非常沈重。若三重子跟孩子們聽到會出意外成為植物人這件事的話，就得懷抱著這個訊息活下去了。

我腦中的念頭轉個不停，像是被困在沒有出路的迷宮裡一樣。

「爸爸是不是第一次看見我女兒啊？」

「這也太離譜了吧！」

「不會啊！爸爸很有可能這樣，不是嗎？」

「姐姐，妳不記得有沒有讓爸爸見過，這才離譜吧！」

「的確。啊！不是，那是因為爸爸本來就很少在日本，不是嗎？」

「是沒錯啦！」

「妳小時候跟爸爸說過：『再來玩喔！』還記得嗎？」

「那是武雄吧？」

「是武雄嗎？」

「不是我，我說的是：『大叔，你誰啊？』」

兒子插話進來反駁。

「那說『再來玩喔！』的，是我啊……不記得了。」

「是說，武雄家也又生了一個了吧？」

「上個月。」

「要是一起帶來就好了。能讓爸爸看一眼，可不容易呢！」

「也是，要是知道爸爸會來，就一起帶來了。」

「為什麼不事先聯絡啊？」

長女突然望向我質問道。

我還猶豫著該不該說出意外的事。在我的預料中，我認識的三重子能夠冷靜地接受這個事實。她就是這樣的女性，要不然，也無法當我的妻子一直到現在了。

問題是孩子們，他們一定會慌亂異常，所以……

「我忘記了重要的資料，所以跟熊田約在這裡拿東西。」

我隨意編了個謊話。

——現在還不能下結論，還要再觀察一下。

我心裡的保守派如是建議。

——好的，再觀察一下子吧！

我也認為這樣比較好。

只不過，在如此下決定後，長女卻開口了。

「就算是說謊，也該說是因為結婚紀念日，所以特別趕回來吧？」

從她口中吐出了出乎我料意的話，完全沒有前兆，太突然了。

「結婚紀念日？誰的？」

我不解地將腦袋歪向一邊。

「不是吧？搞什麼？你來這裡，卻不知道是為了什麼？」

「你是認真的嗎？」

長女跟次女都帶著無比驚愕的表情怒瞪著我。

「所以你真的完全不知道，每年的結婚紀念日，媽媽都會到這家咖啡店來？」

「為什麼媽媽每年都得要為了誰的結婚紀念日，到這裡來啊？」

「真是沒救了！」

長女深深嘆了一口氣，失望地坐在櫃臺的位子上。

三重子嘻嘻地輕笑了起來。

「媽媽，妳可以生氣喔！」

「但是，我覺得老爸就是這樣啦！」

「什麼就是這樣？我都想砍人了。」

「我同意。」

長女拿起檸檬氣泡水，次女拿起冰咖啡，不約而同一口氣喝光，把杯子重重地砰咚一聲放在桌上，顯然都很生氣。

「所以說，到底是誰的結婚紀念日？」

「好，到此為止！媽媽，我們回家吧！」

「要是我老公的話，我絕對立刻就離婚。真是令人難以置信！」

長女跟次女氣憤到滿臉通紅，扭頭不想看我。

「你跟我說說，這怎麼回事？」

我無措向兒子求救，因為我滿腦子都還想著要不要告訴他們意外的事，完全沒注意到其他。

「爸爸可能已經忘記了，但是二十幾年前，你來過這裡吧？帶著媽媽一起來的。」

兒子從座位上起身，一面安撫姐姐們，一面說道。

「是來過，一次而已。」

「那天，不正是你們的結婚紀念日嗎？」

「那一天？」

「是的。」

「結婚紀念日？」

我一頭霧水。

「是結婚紀念日！」

滿身尖刺的長女插進來怒吼。

「那為什麼媽媽每年都非得來這家咖啡店不可呢？」

「那你要問媽媽啊！」

說完，只見兒子聳了聳肩，長女跟次女則一起又嘆了口長氣。

我踽促地望向三重子。

「哈哈哈，只是我自己想這麼做而已啦！」

她有點不好意思地笑著說。

我不覺得結婚紀念日是什麼重要的事情，而這也只有三重子理解我。

但孩子們都想用世間的常識框住我，那些我完全看不出價值的常識。

「啊！」

我不經意地伸手拿起咖啡杯，比想像中溫度要低了。

——這麼說來，得在咖啡冷掉之前喝完才行。

我喝了一口咖啡。

——溫溫的。

錯失了打斷結婚紀念日話題的時機，但還是要盡快決定，到底要不要告訴他們會發生意外的事情。

「哎！」

我猛然看見櫃臺後靜靜站著的女服務生。

——我怎麼沒注意到呢？

「對不起，我有個問題。」

我舉起手對女服務生喊道。

「我知道的未來會發生的事，時間上有可能錯開嗎？」

因為已經沒時間了，所以我直接問出重點。

孩子們應該不知道我在說什麼吧？而且他們也不會知道我是從未來回來的。但在這家咖啡店工作的女服務生，一定會知道我是什麼意思。

果然不出所料……

「不能說絕對沒有可能。」

她簡潔地回答。

——這樣就夠了，這樣我就能下定決心了。

「結婚紀念日的事情，很抱歉。」

我鄭重地開口說道。

「我真的不記得結婚紀念日。那一天也只是剛好有時間，三重子說：『要不要出去走走？』我就說：『那就去喝杯咖啡。』才帶她來這裡。我是個連結婚紀念日都不記得的不合格的丈夫。三重子，請原諒我，我想跟妳道歉。」

孩子們看著我低頭致歉，面面相覷，尷尬地垂下視線，他們應該沒想到我會表示歉意吧！

「沒關係，我知道你不在乎結婚紀念日這種事情。」

三重子呵呵地笑著說。

這種反應在我意料之中，而三重子就是這樣的女性。

「其實我是因為某個目的，從未來到這裡來的。」

「哎？」

孩子們齊齊抬起頭來。

「那個，難道是，這家咖啡店傳聞中的……」

「正是。」

我舉手制止兒子要說的話。

要是他們已聽說過，那事情就簡單多了，因為我沒有時間詳細解釋。

「半年之後，三重子會出意外變成植物人，然後昏迷兩年半。」

我賭上所有可能性，直接說出事實。
「植物人嗎？」
「是的。」
我簡潔地回答三重子。
「這樣啊！」
三重子顯然也吃了一驚，垂下視線。
「騙人的吧？」
「你在說什麼啊？不要開這種玩笑！」
長女跟次女以難以置信的表情瞪著我。只有兒子臉色蒼白，沈默不語，他一定知道這家咖啡店的規矩，也知道現實無法改變。
「要不要相信都隨你們。」
「你到底夠了沒有！」
長女彷彿悲嚎般的聲音在店裡響起，抱著的孩子嚇得哭了起來，但她不管女兒在哭，繼續忿怒地發洩。

「我也知道這家咖啡店的傳說，我很想知道是不是真的，但如果是真的，你到底會不會為人著想？半年以後，什麼？你還真的能像隨便聊天一樣，就這樣說出來？太過分了吧！」

「你們聽我說，沒有時間了。」

「我才不管！爸爸從以前就是這樣，只想著自己，完全不考慮媽媽跟我們的心情。你一直都隨心所欲，不管我們。我已經受夠了！為什麼？為什麼能這樣？你起碼也該考慮一下媽媽的心情啊！」

話說到這裡，長女無力地慢慢在櫃臺位子上坐下，孩子在她懷裡哇哇大哭，她卻沒有心情安撫小孩。

這時，次女從長女手中抱過了孩子。

「媽媽的意外，是沒辦法迴避的嗎？」

次女冷靜地問道。

「沒辦法。」

我簡短地說。

「所以呢？那你來這裡做什麼？不是只為了要告訴媽媽，她的未來很絕望吧？」

「不是。」

「那就快點說完，說完就快點滾！」

她態度雖然很冷靜，但對我說的話充滿憤怒。

即便如此，我反而鬆了一口氣。

——幫了大忙了。

手上感覺到的咖啡溫度，告訴我剩下的時間已經不多了。

「我知道了。」

我並不後悔告訴他們未來的事情，只不過這樣什麼都不做就回去的話，那等於白來一趟。

這到底是好，是壞，不是現在能斷定的。唯一知道的，就是我不能浪費這一趟旅程，這是最重要的。

「三重子。」

「嗯？」

「我一直都以自己喜歡的方式過日子。」

「嗯。」

「只要是想做的事情，我都不惜任何犧牲去做。」

「嗯。」

「我活了六十七年，以為自己從來沒有後悔過。」

「應該是吧！」

「但那是在妳變成植物人之前。」

「唉喲？」

三重子的眼神好像看見了什麼稀奇的東西。

「我也很驚訝。妳變成植物人之後，我才第一次發現，原來自己也會『後悔』，這是我第一次有這種感覺。但是，我已經沒辦法跟未來的妳說話了，所以我才來到這裡。我有話要對妳說。」

「有話要對我說？」

「是的。」

「什麼話呢？」

「我能跟妳在一起，真的很幸福。」

我很後悔沒有跟三重子說出這句話，就算我對著變成植物人的三重子傾訴，她也無法聽到了。

「妳可能不相信，這句話我一輩子都沒有說過，但我就是想讓妳知道。因為妳，我很幸福。我早該告訴妳的，我非常幸福，十分謝謝妳。我想說的話就這些。」

說完，我一口氣將咖啡喝光，味道比習慣喝的咖啡要再苦澀一些，有著讓人精神一振的酸味，以及撲鼻的香氣，通過喉嚨時感覺到有些涼。

——再過幾秒鐘，咖啡就完全冷掉了吧？真危險！

我放下杯子，不由得呼出一口長氣。

孩子們都瞠目結舌地望著我，這種像是雲霄飛車一樣大起大落的對話，他們一時之間腦筋沒轉過來吧！

「也給你們添麻煩了。」

被次女抱著的孫女不知何時睡著了。

「其實你們不妨這樣想，媽媽會在半年之後變成植物人，因為是意外，所以不會有任何心理準備。到了那時，即便跟我一樣感到後悔，心裡想著早知道怎麼樣就好，卻也於事無補了。不管你們再怎麼說，規矩就是這樣，媽媽沒有辦法迴避變成植物人的現實。不過，你們會永遠記得今天所發生的事情。」

就在這時，周圍的景色開始搖搖晃晃。

「所以，不想後悔的話，在這半年間，好好地對待媽媽，比之前對她還要更好。拜託你們了！」

「啊……」

我好像聽到次女的聲音，只是身體已經一瞬間化為熱氣，慢慢飄向天花板去了。

「爸爸！」

長女高聲叫道。

我似乎看見她眼睛裡都是淚水，只是不知道是生氣還是悲傷？

周圍的景色從上往下流轉，我的意識馬上要消失了，就在這瞬間，我發現三重子正抬頭看著我，她正流著淚。

「三重子……」

「親愛的。」

「我不說再見喔！」

畢竟時間錯開的可能性還是存在，那要等我回到未來才能確定。

「我啊，」

「嗯？」

「也一直感到很幸福呢！」

「這樣啊！」

「嗯。」

三重子的聲音，一如既往地溫柔。

從過去回來的門倉，並沒有享用流準備好的親子丼，便慌忙地離開了咖啡店。

門倉叫了計程車，急著趕往三重子所在的醫院。

病房的窗子是打開的，純白的蕾絲窗簾隨風搖曳，三重子躺著的床邊桌上，放著孩子們的照片。

門倉靜靜走進病房，一面平息急促的呼吸，一面脫下風衣掛在衣架上，而沾在風衣上的櫻花花瓣紛紛飄落。

「時間線，沒有錯開啊……」

門倉失落地低喃著，走到三重子的床邊坐下，凝視著她的胸口緩慢地上下起伏。

「真是不可思議。」

門倉的聲音微微顫抖。

「我明明已經不後悔了，怎麼還是期待著妳能醒過來呢？」

大顆的淚珠從門倉的眼角滴落下來。

不管怎麼擦拭，都無法停止的……大顆淚珠……

第二話　【愛犬】　沒跟愛犬說再見的女人

「狗？」

高竹奈奈坐在櫃臺位子上，皺著眉頭，將頭傾向一邊。

高竹是個護理師，在附近的綜合醫院上班，每天下班之後，她都會來這家咖啡店。

「是的，名字叫做阿波羅。」

疋田睦男一邊拿下被雨淋溼的眼鏡，一邊回答高竹的問題。

睦男三十七歲，剃著平頭，留著鬍子戴眼鏡，穿著短袖的馬球衫和短褲，抱著一個背包，渾身濕漉漉地站在店門口。

「外面下雨了嗎？天氣預報說不會下的……」

時田流從裡面的房間走出來，把毛巾遞給睦男。

「不好意思。」

睦男接過毛巾，輕輕點頭示意。

「以前偶爾會帶著一起來吧？應該是黃金獵犬？」

「是的，就是那孩子。」

「發生什麼事了嗎？」

聽到流這麼問，睦男的表情略微黯淡下來。

「已經走了，就在上個星期。年紀大了，牠十三歲。」

「原來如此。這該怎麼說呢……」

「沒事的，其實是壽終正寢。我想牠最後走的時候，應該也沒有什麼痛苦吧！」

睦男用流給他的毛巾擦拭著頭髮。

「應該？」

高竹把頭傾向一邊。

「啊，是的，最後是我太太……」

睦男頓時說不下去，沈默了一會兒，最後彷彿下定決心般，深吸了一口氣，重新抬起頭來。

「阿波羅雖然是寵物，但這十三年來，對我們夫妻來說，是非常重要的存在。我們做了不孕治療，卻還是無法擁有孩子……」

「只是，狗的年齡十三歲的話，幾乎等於人類九十歲了，不是嗎？黃金獵犬這種大型犬，十三歲應該算長壽了吧？」

高竹溫柔地望著又低下頭的睦男。

「是的，所以我跟太太都有心理準備。在牠走的前幾天，我就跟太太輪流看顧牠。我們都不覺得辛苦，能多和牠相處一天是一天，牠能多活一秒也很好，只是這樣而已。」

流聽著睦男的陳述，若有所思地瞥向放在收銀機旁邊的照片，相框裡是微笑的時田計。

「我明白。」

流面不改色地喃喃道。

「最後，阿波羅的體溫逐漸降低，開始斷續痙攣，我太太一直陪著阿波羅，幾乎沒有睡覺。但是，正因為這樣……」

睦男聲音更加低沉了。

「難道……」

高竹和流互望一眼。

「是的，我太太由於太過疲累，一個人睡著了。等她醒來時，阿波羅的身體已經冰冷了。」

「但是，那是……」

「我明白，是沒辦法的事情，我也這麼說了。但我太太在最後的最後睡著這點上，怎麼也無法原諒自己。她說，連再見也沒有說……」

「那麼，難道是尊夫人想回到過去嗎？」

「啊，不是。」

睦男慌忙搖頭否認。

「我太太並不知道這家咖啡店的事情。」

「怎麼回事？」

「不過，要是能回到過去，再次見到阿波羅的話，我想我太太應該會非常高興吧！」

「原來如此。」

高竹微微點頭，嘶嘶嘶地吸著幾乎已經見底的冰咖啡。

「您知道回到過去的規矩嗎？」

流雙手抱胸問著睦男。

「知道，也聽說過。還有就是，這本雜誌上寫的。」

「雜誌？」

高竹疑惑地皺起了眉頭，看著睦男從背包裡掏出一本雜誌遞給她。

「這是什麼啊？」

「您不知道嗎？」

高竹接過雜誌一面啪啦啪啦地翻閱，一面搖頭。

睦男把高竹手上的雜誌翻了幾頁後，指著某則報導。

「這裡，請看看這裡。」

「哎呀！〈解析知名都市傳說『能回到過去的咖啡店』之真相〉，這是什麼？」

高竹睜大眼睛詫異地望向流。

「以前曾經有人來採訪過，已經好多年前了吧！數還在上中學的時候，大概……七、八年前吧！」

高竹再度將注意力移回雜誌上。

〈咖啡店的名字，叫做纜車之行。據說能夠回到過去，因而讓許多客人大排長龍……〉

高竹喃喃地唸出報導的開頭後，默默地閱讀起來。

「竟然還有這麼久以前的雜誌啊！」

流說著，將睦男買的咖啡豆封進袋子裡。

「我在二手書店找到的，上面規矩寫得很清楚呢！」

睦男帶著得意的笑容回答。

雜誌上寫了五條規矩——

一．就算回到過去，也無法見到不曾來過這家咖啡店的人。

二．回到過去之後，無論如何努力，也不能改變現實。

三．能回到過去的座位上坐著幽靈。

四．即使回到過去，也不能離開座位行動。

五．回到過去有時間限制。

「這上面還說，〈來這家店到底能不能回到過去，完全不得而知。〉這不是妨礙營業嗎？」

高竹舉起雜誌不滿地鼓起面頰。

「我們客人的數量，從以前到現在都沒有什麼改變。」

流抓了抓腦袋說道。

「咖啡豆是一千兩百日圓。」

流把裝著咖啡豆的袋子遞出去，咔喳咔喳地打著收銀機。

「啊！感謝感謝。」

睦男慌忙地說著，接著將疊好的毛巾還給流，付了帳單。

「總之，尊夫人想回去的話，並沒有什麼問題；要是不想回去，那也不要勉強。因為這跟當事人自己相不相信並沒有關係，而且要回到過去的話，一定要遵守規矩。那本雜誌上並沒有寫，但是回到過去後，必須在咖啡冷掉之前全部喝完；要是沒有喝完的話，尊夫人就會變成幽靈，一直坐在那個位子上。」

「咦？」

睦男驚愕地望向白衣女子。

「特別是尊夫人是在非常後悔的情況下，不管是人還是寵物，愛得越深越是如此，再度離別會比第一次更加困難。即使知道得把咖啡喝完才行，但還是禁不住為情所困，回過神來，咖啡已經冷掉了……」

睦男聽到流說「愛得越深越是如此」，頓時感到不安了起來。

——沙奈緒真的把阿波羅當自己的孩子看待……

他不禁在心裡暗忖著。

「總之，先跟尊夫人好好談談吧！」

睦男的不安可能表露在臉上，高竹溫和地建議道。

「我知道了，非常謝謝你們的解釋。」

睦男接過咖啡豆，低頭道謝，轉身就要離開。

「啊！等一下。」

流突然叫住了睦男。

「我想，外面應該還在下雨……」

流一邊說著，一邊從裡面的房間拿出一把傘遞給了睦男。

「啊！謝謝。」

「不客氣。」

睦男再次道謝，離開了店裡。

喀啦哐噹——

「這樣想來，規矩其實很殘酷不是嗎？」

睦男走後，高竹低聲嘟噥道。

「哎？」

「人要是能重來的話，就不會後悔了。他的太太也沒想到自己睡著的時候，愛犬就這樣走了。然後一直想，為什麼自己竟然睡著了呢？一定非常難過，因為一睡就是永別了。」

高竹並不是在責怪這家咖啡店的規矩，只是想到因睡著而沒能送愛犬最後一程的心情，感到坐立難安而已。

「要是能改變現實不就好了，是吧？」
「是沒錯啦！」
「為什麼不能離開座位行動呢？只要不離開店裡，能離開位子也沒關係吧？」
「我也一直這麼覺得啊！」
「是吧！還有，為什麼是咖啡？紅茶就不行嗎？」
「唔，針對這點……我還是喜歡咖啡……」
「啊！你果然只喜歡咖啡？」
高竹哈哈地笑起來。
「我要回去了。也能借我一把傘嗎？」
「啊！好的。」
高竹走到收銀台前準備結帳，流再次走進裡面的房間取傘。
這時店裡僅剩下高竹一人，她將咖啡錢放在收銀機旁邊的零錢盤裡。

「無論如何努力，現實都不能改變啊……」

她低聲地咕噥著。

流走回來將傘交給了高竹。

「掰掰囉！」

高竹說完，離開了咖啡店。

幾天後，梅雨季結束了。

〈籠罩日本的梅雨前線消失，從陰雨天氣轉為晴朗炎熱的日子時，梅雨季節就宣告結束了。〉

以前曾經有像這樣「打雷破梅雨」的說法，但那並不是明確的標準，也因為如此，即使梅雨季節宣告結束，梅雨前線還是可能停滯不去。

睦男來這家咖啡店之後，又過了幾天。

媒體已經宣告梅雨季節正式結束，白天的氣溫超過三十度，天氣晴朗炎熱，真正的夏天就要開始了。

在萬里無雲的天空下，一位手撐陽傘的女人正站在咖啡店前。

女人名叫疋田沙奈緒，是睦男的妻子。

沙奈緒凝視著店前的看板。

——這裡就是睦男說的，能回到過去的咖啡店啊！

入口只有一處，紅磚牆壁上的拱門，通往地下的階梯有數盞壁燈。

——我還沒下決心，但是……

沙奈緒深吸了口氣，緩緩地走下階梯。

跟大太陽下比起來，地下室自然涼快一些，但走到空氣不流通的地方時，沙奈緒額頭上浮現了汗珠。

——真的能再見到阿波羅嗎？

沙奈緒站在地下一樓一扇大木門前，忐忑不安地伸手推開了門。

喀啦哐嚐——

沙奈緒走進店內，門後是一小段空間，這裡的空氣跟階梯上的悶熱不同，感覺十分涼爽。

——有，有點冷。

剛才出了汗、穿著短袖的沙奈緒，兩隻手臂微微發抖。

她慢慢地往前走，正中央是通往店內的入口，正面的門上掛著〈化妝室〉的小牌子。

沙奈緒走進咖啡店裡，裡面光線陰暗，空間比她想像中狹隘，店內只有三張兩人位的桌子，和三個櫃臺座位。

與其說是咖啡店，不如說是酒吧比較合適。

「歡迎光臨。」

櫃臺後方響起聲音，是時田數，她的聲音跟低語一樣。

——咦？

沙奈緒學生時代在餐飲店打過工，她覺得這跟一般的接客態度有明顯的不同。

——難道不招待第一次來店裡的客人嗎？

沙奈緒心中浮現疑問。

她環視店內，看見離自己最近的位子上有一個中年男子，最裡面的位子上則坐著一位白衣女性。

「櫃臺座位可以嗎？」

數再度用耳語般的聲音詢問沙奈緒。

「啊，不用，我只是來還我先生跟你們借的傘……」

——糟了！

話一說出口，沙奈緒就後悔自己說錯話了。

她確實是來還傘的，但是……到這裡的理由並不止於此。

——回到過去，再跟阿波羅見一面。

這才是她來這裡的真正目的。

然而，她心裡對是否能回到過去存有疑慮。

——真的能回去嗎？

她不願意問出口，於是在猶豫之間……

「只是來還傘。」

她不由得這麼說道。

「這樣啊！」

數停下手上的工作，從櫃臺後面走出來。

「勞煩您跑一趟，不好意思。」

數低頭道謝，從沙奈緒手中接過傘，轉身走進裡面的房間。

「……不客氣。」

這樣沙奈緒的事情應該就辦完了，但她卻一直站著動也不動。

其實，她有別的目的。

——該怎麼辦？都已經說了只是來還傘的……還是今天先回去吧？改日再來……

不一會兒，數走回來，並回到櫃臺後方，再度開始用紙餐巾包住叉子和湯匙，繼續作業。

——這位店員小姐願意假裝沒看到我，但心裡一定想著我為什麼還不走吧？該怎麼辦才好呢？突然開口說：「我想回到過去。」真的可以嗎？要是人家回答：「您在說什麼呢？」該如何是好。要是這樣的話就太丟臉了，沒辦法再來這裡了。啊，睦男給我的那本雜誌，要是我仔細看一下就好了。我沒告訴睦男就自己跑了過來，這下該怎麼辦啊？

剛才流的汗已經收了，現在只感覺到陣陣涼意。她抬起頭，驀然與停下手中工作並望向這裡的數四目相接。

「您怎麼了嗎？」

數開口相詢。

「咦？」

沙奈緒刻意做出不明所以的樣子，內心卻鬆了一口氣。

說什麼都好，她只是需要一個開口的契機。

「啊，如果不麻煩的話，能不能給我一杯冰水？」

「冰水嗎？」

「嗯，那個，今天外面很熱，我有點口渴……」

「我知道了。」

數完全沒有懷疑沙奈緒的樣子，倒了一杯水，放在櫃臺上。

「請用。」

「謝謝。」

沙奈緒慢慢地移動到櫃臺，朝杯子伸出手。杯中並沒有冰塊，但是水的溫度很冰涼，有檸檬的香氣，很清爽適口。

沙奈緒本來並不口渴的，卻忍不住一口氣把水喝光。

「我吃完了。」

坐在入口附近的男人乍然開口，並站起身來，將攤在桌上的雜誌拿起，夾在腋下，走到收銀台前遞出帳單。

「多少錢？」

「三百八十日圓。」

數一邊接過帳單，一邊咔喳咔喳地打著收銀機。

「那就這樣。」

男人從掛在脖子上的錢包裡，拿出一個五百日圓硬幣遞給數。

「收您五百日圓。」

數敲打收銀機的時候，男人一直望著白衣女子。

「找您一百二十日圓。」

男人把數找的零錢放進錢包裡，一言不發地離開。

喀啦哐噹——

店裡只剩下沙奈緒和數，以及那位白衣女子。

或許在數看來，沙奈緒只是個來還傘，然後喝了一杯水就要走的奇怪客人。不，什麼都沒點，或許連客人也稱不上。

即便如此，數也什麼都沒說，就算沙奈緒在這裡待上幾個小時，數應該也只是默默地繼續做著自己的工作。

——無論跟這個人說什麼，都不會被追問吧？

沙奈緒望著數暗忖著，不知為何，她就是有這種感覺。

「啊！請再給我一杯柳橙汁。」

「我知道了。」

數面不改色地接下了沙奈緒的點單。

——果然沒問。

沙奈緒心想，數應該不會說出「剛才您不是說只是來還傘的嗎？」這種沒眼色的話，而且觀察其態度也沒有絲毫不同，只是單純地將客人的訴求記在帳單上，然後轉身走進廚房。

——跟她直說了吧！

沙奈緒望著數的背影暗暗下定決心。

十三年前。

「我領養了一隻小狗。」

睦男一面望著狗籠裡的小狗，一面開心地說。

——他完全都沒跟我提過啊！

「我可沒聽說。」

「因為我沒說啊！」

睦男臉皮這麼厚，讓我不太開心。

「這間公寓不適合養狗吧？」

「老家沒人了，我們搬過去就好啊！」

睦男的老家在神保町的大樓，在跟我結婚之前，他一直跟父親住在那裡，但他父親突然因心肌梗塞去世了。

在睦男小時候，母親就跟他父親離婚了，沒有兄弟姊妹，老家的貸款也已經還完，我沒有理由反對搬回去。

「真的要養嗎？」

「妳討厭狗嗎？」

「並不討厭就是了。」

雖然我這麼回答，但其實我不太喜歡狗。與其說是狗，不如說我覺得飼養任何動物都非常麻煩。

「養狗很麻煩喔！每天不帶出去散步不行，吃的東西、健康管理等等，而且你知道牠們壽命很短吧？」

「總會有辦法的。」

睦男一面樂觀地說著，一面把小狗從籠子裡抱了出來，那是一隻公的黃金獵犬。

這就是我跟阿波羅的初次見面。

養了阿波羅之後，我有一個很驚奇的發現——原來狗也有感情。

在這之前，我並不是認為完全沒有，只不過自己養了才真正發現，牠們的感情跟我們人類並沒有特別大的不同，也是有明顯的喜怒哀樂，被罵了會表現出不開心，被稱讚了就會得意。

但我最驚訝的是，當我因電視劇而流淚時，阿波羅會慢慢走過來，望著我的臉。那時我竟然覺得阿波羅的眼神像是在說：為什麼哭啊？妳沒事吧？有我在啊！

當然牠並沒真的說話，但是我就是能明白，而且牠還溫柔地舔我的臉，這表示牠明白眼淚的意義。

那個時候，我第一次感覺到跟牠心意相通，不需言語的交流。眼神勝於言語，原來是這種感覺。

阿波羅特別怕寂寞，非常不喜歡自己留在家裡，就連我要出去倒垃圾，牠都會哀求著：不要丟下我。

那個時候的阿波羅，實在太可愛了，令人完全無法抗拒，就像是純真的嬰兒一樣。

我和睦男之間並沒有孩子，全心愛我的阿波羅，我也真心實意地愛著牠，簡直像是阿波羅叫我「媽媽」一樣。不知不覺間，我開始自稱是媽媽，叫睦男爸爸。

我和睦男商量改成在家工作的自由業者，也多虧了睦男的父親留下的房子，只要不奢侈浪費，光憑睦男的收入，供我們生活綽綽有餘。睦男也很爽快地答應了，就這樣，我的生活重心變成了阿波羅。

不知從什麼時候起，我們說的話阿波羅不僅能聽懂，還能會意。比方說「不行」這個詞，雖然意思是希望牠停止，但阿波羅能分辨嚴肅的「不行」，還是開玩笑的「不行」。更有甚者，還能感受到我們的心境和情感。

「阿波羅，不行！停下來！」

同樣的情況、同樣的話，我真的要牠停止，或是心情不好的時候，牠就會立刻停下來；要是我看見阿波羅做的事情，覺得開心有趣的話，不管怎麼說牠都不會停止。

「爸爸和媽媽，誰比較討厭？」

——爸爸。

「要洗澡嗎？」

——不喜歡那個聞起來怪怪的泡泡。

「再讓我睡五分鐘。」

——不行，快起來，帶我出去散步。

「要出門啦！」

——好棒！

「晚安。」

——好，晚安。

飼養阿波羅十年之後，每當我說：「晚安！」阿波羅就會立刻睡著。

年紀大了容易疲倦，狗十歲相當於人類七十歲。

從這個時候開始，阿波羅一定覺得我是牠女兒吧！不知不覺間，已經不是我在照顧阿波羅，反過來是牠在照顧我了。

我非常感謝有阿波羅存在。

因為我和睦男一直無法擁有自己的孩子，我們也嘗試過不孕治療，依舊沒有辦法成功受孕。

我們並非捨棄希望了，但要是沒有阿波羅的話，我們的人生會多麼寂寞啊！睦男喜歡孩子，我們之間的關係甚至可能會惡化也說不定。

是阿波羅將我們夫妻聯繫在一起。

數從廚房出來，站在沙奈緒面前。

「請用。」

「那個……」

數把柳橙汁放在櫃臺上時，沙奈緒便立刻開了口。她覺得要說就趁現在，要是自己說了「謝謝」的話，一定就沒辦法再繼續下去。

「您請說。」

數說完，靜靜地等待著。

她的聲音十分清澈通透，讓人似乎深陷其中的雙眸，望著望著就有種不管發生什麼事情，對方都能平靜接納的感覺。

「其實，我聽……我先生說，來這家咖啡店，就能回到過去。」

沙奈緒嘟嘟噥噥低喃道。

數沒有應對，只是默默傾聽。

「我想回到過去，所以到這裡來了。」

接著，沙奈緒說了阿波羅的事、臨終時睡著後悔的事、丈夫說可以回到過去的事，以及……規矩的事。

「但是，我很遲疑。我先生說，就算回到過去，也不能離開這家咖啡店。那是真的嗎？」

「是的。嚴格說來，要回到過去，必須坐在某個位子上，然後不能離開那個位子，站起來或是抬起身子都不行。」

數淡淡地回答沙奈緒的問題。

「也就是說，就算我回到了過去，也沒辦法在阿波羅臨終時，陪伴牠走完最後一程，是嗎？」

「對，沒辦法。」

數的話完全沒有顧慮，她只是陳述事實。

當沙奈緒詢問睦男同樣的問題時，睦男會考慮到沙奈緒可能受到驚嚇，選擇含混地回應。

「或許是那樣吧！但是，也有可能只是我不清楚，還有特別的規矩存在也說不定。」

這也不是故意隱瞞，只是他非常瞭解沙奈緒的個性，同時又跟她說了可以回到過去，因此無法像數一樣坦白直說：「對，沒辦法。」即便什麼特別的規矩一聽就知道是胡說，還是希望能讓沙奈緒懷抱著一點希望，這就是睦男會以顧慮她的感受為優先。

那個謊言不好也不壞，卻是維持沙奈緒跟睦男之間關係的必要謊言。

在此之前，多虧了睦男的心細，在面臨各種不同的場面時，都能得以平安度過。也正因為是睦男說的，她才能夠全然接受。睦男這樣的顧慮，對於維繫兩人的情感至關重要。

然而，她和數的關係完全不同。

沙奈緒並不要求數顧慮她的感受，她特別來這家咖啡店，就是想知道實情。要是數回答的方式也跟睦男一樣曖昧，那沙奈緒的心情一定仍舊陰鬱不已。

「這樣啊！我就想聽到這句話。」

沙奈緒從包包裡拿出手機，打開相簿找出阿波羅的照片。照片裡的阿波羅被沙奈緒和睦男抱著，看起來像是在笑。

「阿波羅一生都盡力為我們夫妻而活，帶給我們許多快樂的時光。我並不是想回去努力設法延長阿波羅的壽命。我們決定飼養阿波羅的時候，就知道牠不能活很久，總有一天要跟牠道別的……」

沙奈緒說著說著流下淚來。

「只不過……只不過，我很遺憾，在阿波羅走的時候沒有陪著牠，連再見都沒有說……」

柳橙汁杯子裡的冰塊輕輕作響，沒有背景音樂的店裡，只有三座大落地鐘咔喳哐噹走動的聲音。

沙奈緒沒有繼續說下去，她緊握著手機，肩膀微微地顫抖。

數動也不動，垂著眼瞼，只望著放在沙奈緒面前的那杯柳橙汁。

啪嗒！

就在此時，坐在櫃臺位子上的沙奈緒身後，傳來闔上書本的聲音。

沙奈緒轉過身，看見白衣女子悄無聲息地慢慢站起身來。

——話說回來，這家店裡的客人不只我一個。

沙奈緒慌忙拭去淚水，弓著背伸手拿起柳橙汁。

——喝完這個就回去吧！雖然早就知道了，就算回到過去，也無法送阿波羅走完最後一程。但光是能澄清這一點，也就不算白來了，就這樣放棄吧！

白衣女子通過沙奈緒身後，連腳步聲都沒有發出，便走進了洗手間。

——回去吧！

沙奈緒留下三分之一杯的柳橙汁，打算站起來離座。

不知何時，數已從櫃臺走出去，正在收拾白衣女子用過的咖啡杯。

「座位空出來了，您要坐嗎？」

數條忽對她問道。

「哎？」

沙奈緒一時間不明白數在說什麼？在櫃臺位子上單腳著地僵在當場。

「要回到過去的話，必須坐在這個位子上。」

「但是，我還沒有說要回到過去……」

「是的，要不要回到過去，是您的自由。」

數只這麼說，她擦拭了一下桌面，便轉身走回廚房。

數的確沒有叫她過去坐下，只是問她：「您要坐嗎？」

——這麼說來……

她想起睦男跟她說的關於規矩的事情。

「幽靈？」

「對。這本雜誌上說，回到過去，要等那個幽靈去上洗手間的時候，才能去坐那個位子。」

「我知道了。不過，為什麼我要去？你剛才說了，回到過去也不能移動，那回去也沒有意義啊！」

「但是，可以再見阿波羅一面啊！」

「是沒錯……」

「我覺得妳應該去。」

「為什麼這麼說？」

「如果不去，妳就會一輩子都活在悔恨裡。阿波羅一定不會希望這樣。妳只要把現在的心情，全部告訴牠就好了。」

「那只是我一廂情願的傾吐吧？」

「但我要是阿波羅的話，一定會想聽的。我覺得阿波羅會這麼說。」

「太……太自以為是了吧！」

「是沒錯啦！」

沙奈緒離開了櫃臺，走到白衣女子的座位前面。

——我是想好好照顧牠到最後的。

人生有許多分歧點，而後悔是一瞬間的事，沒人會想到自己會遭逢那個瞬間。

自己的行動招來意想不到的結果時，就會陷入巨大的後悔和苦痛之中，因為無法重頭再來過。

——我睡著了。阿波羅非常不喜歡自己一個人待在家裡，牠特別怕寂寞，所以我想一直陪牠到最後的。然而，我卻讓阿波羅自己孤單的離開，因為我睡著了。阿波羅不知道有多寂寞？當牠嚥下最後一口氣的時候，知道我在睡覺，心裡不知道有多難受？想到這個我就沒辦法放下，無論如何都無法原諒自己。就算回到過去，我也只能跟阿波羅道歉吧！沒辦法請求牠原諒，我沒資格跟牠說再見。即便如此……

沙奈緒低下頭，肩膀大幅地震顫著，眼淚撲簌簌地落在地上，發出滴答滴答的聲音。

——不管怎樣，還是想再見阿波羅一面。想看阿波羅，是我任性，我知道。但是我還是想……還是想見阿波羅。

「您要坐嗎？」

數的聲音在背後響起。

「麻煩您了，請讓我回到過去，阿波羅還活著的時候。」

沙奈緒轉過頭，紅著眼睛對數說道。

「我知道了。」

就算到這種時候，數也沒有過問沙奈緒為什麼想回到過去？

她讓沙奈緒坐下，從廚房裡端著托盤走出來，托盤上放著銀咖啡壺和純白的杯子。

「規矩您清楚吧？」

「我知道。啊，但是，說有限制時間，具體是怎樣我不曉得。」

「我明白了。」

數一面解釋，一面放好純白的咖啡杯盤，杯子裡什麼都沒有。

「我馬上會幫您倒咖啡。回到過去的時間，只從我把咖啡倒進杯子裡開始，到咖啡冷掉時為止。」

「到咖啡冷掉為止？」

「是的。」

——一杯咖啡冷掉要多少時間？

沙奈緒一直凝視著空的咖啡杯思考著，因為她從來沒有測量過。

——十分鐘？十五分鐘？不，可能還更短。

這不明確的時間限制，讓沙奈緒面露困惑之色。

數似乎看穿了沙奈緒的困惑。

「把這個放進去……」

數說著，從托盤上拿起把一根像是小攪拌棒的東西，放進咖啡杯裡。

「這是什麼？」

「把這個放進杯子裡，在咖啡冷卻之前警鈴就會響，響了之後請盡快將咖啡喝完。」

「響了之後再喝就可以了，是吧？」

「是的。」

「我知道了。」

真到了這個時候，呼吸不由得急促起來，心跳也加快了。

沙奈緒閉起雙眼，整理了一下略為激動的情緒。

「可以嗎？」

「我，我可以問一個問題嗎？」

「請問。」

「真的無論怎麼努力，都無法改變現實嗎？」

「是的，不會改變。」

數立刻肯定地回答。

這也在她料想之中。即使拜託睦男在沙奈緒睡著的時間陪著她，睦男也沒辦法改變沙奈緒會睡著的現實。

——嗯，就是這樣。雖然心知肚明，還是想確認一下。

「我知道了。請幫我倒咖啡吧！」

「那麼……」

數徐緩地舉起手中的銀咖啡壺。

「在咖啡冷掉之前。」

數輕聲說著，以優美簡潔的動作把咖啡倒進杯子裡。

咖啡從細細的壺口悄然無聲地注入咖啡杯，像是一條黑色的細線。倒滿的咖啡杯上，熱氣裊裊上升。

沙奈緒感覺自己的身體像熱氣一樣搖曳晃動著，十分不可思議，卻不會令她感到害怕。

——可以見到阿波羅了。

光是這個念頭，就讓沙奈緒感到非常滿足。

她察覺到身體變輕了，好像被吸到了天花板上，周圍的景象從上往下流逝，像是把店裡的畫面倒帶一般。

☕

我們夫婦一直沒有孩子。

結婚第七年，我們去醫院檢查，結果是我的體質不容易受孕。

那個時候，阿波羅五歲。

喜歡小孩的睦男因為有阿波羅在，也不覺得焦慮，我們慢慢開始接受不孕治療。

我覺得是那個時候……就是散步途中下起雨來，阿波羅一身是泥，我幫他洗澡的時候。

「來，阿波羅，過來，洗澡了。」

「阿波羅，媽媽在叫你。」

「哎？」

「怎麼啦？這麼吃驚的樣子。」

「你剛剛說，媽媽？」

「說了啊！咦？妳不喜歡嗎？」

「沒有，不會啊！」

「太好了。我想說嘗試看看，還有點小激動呢！」

「你一直想說嗎？」

「也沒有一直啦！只是在想時機適合的話，就說看看嘛！」

「那麼，睦男是爸爸囉？」

我半真半假地揶揄問道。

「嗯，是吧！」

睦男有點不好意思地抓抓腦袋。

「謝謝。」

「嗯？」

「真的，謝謝你。」

自從醫院檢查的結果出來之後，我就一直感到內疚。

——沒有孩子，都是我的錯。

我知道睦男喜歡小孩，當知道自己不容易懷孕時，真的非常難受。

——要是不跟我結婚的話……

睦男拯救了我的心，這是我和睦男跟阿波羅成為真正的家人的瞬間。

然而，我卻讓阿波羅孤單地離開。

對不起，阿波羅！

能原諒這樣的媽媽嗎？

***

「汪。」

好久沒有聽到的阿波羅的吠叫聲，讓我醒了過來。

我睜開眼睛，剛才替我倒咖啡的女服務生已經不在了，櫃臺後方是一個穿著廚師服裝的高大男子，雙手抱胸，像羅漢一樣地站著。

雖然我聽到了聲音，卻沒有見到阿波羅。

「汪、汪、汪。」

「阿波羅，不可以亂叫。」

我聽到咖啡店的入口處，傳來阿波羅和睦男的聲音。

穿著廚師服的男子從櫃臺後走出來，對我低頭示意，然後劈哩拍啦地走向入口。

「阿波羅，壞孩子，不要叫，安靜一點。」

「沒關係的。」

「真的很對不起。」

「汪、汪。」

「牠平常不會這樣叫的。」

「汪。」

雖然我還沒見到睦男跟阿波羅，但從阿波羅的聲音聽起來，應該是一年多前。那時候牠的體力已經衰退許多，但還能出外散步。當時我有聽睦男說過，帶阿波羅出去散步的時候，偶爾會來這家咖啡店買咖啡豆。

「阿波羅……」

我以為自己大聲叫了牠，實際上卻只發出喃喃自語般的細微聲音。

「汪。」

即便如此，阿波羅也回應了我的聲音，在牆壁那一頭叫起來。

「阿波羅！」

我好開心，這次大聲地呼喚牠的名字。

「哎？媽媽？」

這次聽到的是睦男的聲音。

「汪、汪、汪。」

阿波羅一面叫，一面拉扯著睦男進來。

「阿波羅，等一下，不可以！」

睦男奮力阻止要撲上來的阿波羅。

這個時候的阿波羅已經十二歲了，沒辦法高興地活蹦亂跳，但還是用力搖著尾巴，扯著睦男往前。

「啊，沒關係的，現在只有那一位客人。」

穿著廚師服裝的男人在睦男背後緩頰著，眼睛望著我無言地探問。

——您是從未來過來的吧？

我微微點了點頭。

「對，對不起。」

睦男低下頭，他仍舊被阿波羅扯著，來到我坐著的位子前面。

「汪。」

阿波羅在我面前坐下，伸出舌頭哈氣，把頭湊過來，要我摸他。

我用顫抖的手，輕輕地撫摸著阿波羅。從掌心傳來的溫度，不是停止呼吸之後冰冷的阿波羅，牠是有體溫的，我完全沒想到還能再度感覺到牠的溫暖。

我輕撫著阿波羅，牠似乎很滿意，在我腳邊趴了下來。

——一直扯著睦男一定很累吧！

當我專注在阿波羅身上時，睦男已經在我對面的位子坐下來了。

「怎麼啦？發生什麼事了？」

睦男凝視著我的臉。

「嚇到你了？」

「確實是嚇了一大跳。今天妳不是說要回娘家，所以不能一起出來散步嗎？」

「啊，那個啊——」

「哪個？」

「喔，沒事，我自言自語。」

「搞不清楚妳。算了，無所謂。啊！這個幫我拿一下好嗎？」

睦男把阿波羅的牽繩遞給我，然後站起來轉向穿著廚師服的男人，帶著歉意低頭示意。

「所以呢？」

「妳為什麼來這裡？」

「哎？」

「妳是從未來過來的吧？」

睦男一面逗弄阿波羅，一面肯定地說道。

分明是重要的問題，卻感覺像是閒聊。

「啊！嗯。」

睦男從以前就是這樣，分明什麼都知道，卻假裝一無所知，顧慮我的感受改變話題。知道我們無法擁有孩子且問題在我時，也是如此。

「今天晚上吃咖哩，不好意思喔！」

「OK，沒問題。」

他總是這樣包容我。

第一次叫我「媽媽」的時候，其實是翻來覆去思考過的決定，卻裝得漫不經意。

這次也是，一開始明明露出驚訝的表情，之後就不讓我感到為難。回想起來，睦男不知道這樣幫助過我多少回，這次也多虧了他。

我正猶豫著該不該說出自己是從未來過來的，睦男似乎已經察覺到我來到這裡的理由。

「阿波羅……」

我只簡單講了這句，但這樣就夠了，不用明說，睦男就能全部明白。

「這樣啊——」

他望著阿波羅，寂寥地喃喃道。

這個時期，我們都絕口不提阿波羅的壽命問題。還能活幾年呢？想到就要流淚。

「阿波羅，最後沒有受苦吧？」

睦男突然問了最糾纏我心頭的問題。

——因為睡著了，所以不知道。

我的心臟像是被捏碎了一般，眼淚溢了出來，愧疚的感覺、悔恨的感覺、無盡的後悔。

——對不起，睦男。

但是說謊也沒有用，還是跟睦男直說吧！反正就算現在不知道，總有一天也會知道的。

「那個……我，沒有陪阿波羅到最後。」

我艱難地說出實話。

無論發生什麼事，無論怎樣反省，都不能改變過去。

「睦男在上班，那天不在家，我自己一個人。我用滴管餵阿波羅喝水，然後自己吃了一點東西。」

我的聲音在發抖，那天發生的事情，我從來沒有像這樣細說過。

「都是因為我睡著了，才讓阿波羅孤獨死去。」

我對著過去的睦男如此坦言。

睦男安慰了我許久，但他說了什麼，我幾乎完全沒聽進去。

「為了能一直陪著阿波羅，準備了很寬敞的床。」

「嗯。」

「我跟睦男一定會有一個人起來看顧阿波羅。」

「嗯。」

睦男靜靜地聽著，只簡單地回應我。

「那天我因為阿波羅很難得開心地喝了水，還睜開眼睛對我笑，我就抱著牠一起躺著。感覺到牠的體溫和呼吸，真的好幸福。」

「嗯。」

「牠還活著、還沒問題，我這麼想著、這麼打算著。然而，沒想到卻是在做夢。等到醒來時，已經在阿波羅旁邊躺了兩小時……」

我忍不住緊緊閉上眼睛，哽咽地說不出話來，眼淚順著面頰流到下顎，滴落在桌上。

「對不起，睦男。完全不是你的錯，我卻一直對著你胡亂出氣。」

「啊哈哈，那是未來的我吧？」

「啊！對。」

「妳很難過吧？」

「嗯。」

「已經沒事了，不是沙奈緒的錯。阿波羅一定也很幸福，最後能躺在沙奈緒的懷抱裡。對吧！阿波羅。」

「汪。」

「看吧！阿波羅也說是。」

眼眶的淚水止不住，睦男的話又拯救了我。

阿波羅再度用腦袋蹭著我，這是牠開心時想要我摸牠的舉動。

我坐在椅子上，用力抱緊阿波羅，親吻著牠，盡量在不離開椅子的情況下撫摸牠全身。

嗶嗶嗶嗶、嗶嗶嗶嗶——

就在此時，警鈴響了，我已經完全忘記要在咖啡冷掉前喝完這件事。

睦男雖然不清楚警鈴是做什麼用的，但隱約也猜到了。

「時間到了？」

「嗯。」

「那就喝吧！」

「嗯。」

我淚流滿面地應聲，照著睦男所說，將咖啡一口氣喝完。

我睡著了的過去無法改變，但是能夠回來我還是很開心。

見到過去的睦男、再度見到阿波羅，實在太好了，我真心這麼覺得。

突然間，我的身體和來時一樣開始搖晃了起來，即便如此，我的手仍撫拍著阿波羅。

「妳知道嗎？」

「阿波羅啊，是確定沙奈緒睡著了，自己才睡的喔！」

「哎？」

一瞬間，我不知道睦男說的話是什麼意思？

「等一下，你說什麼？」

「妳不知道吧？因為沙奈緒睡著了。」

「每次都是我哄阿波羅睡的啊！」

我只要說「晚安」，阿波羅立刻就到床上去，沒多久就會發出鼾聲。我總是看著阿波羅睡了，自己才上床的。

「不是喔！」

「什麼不是？」

「沙奈緒睡著以後，阿波羅一定會再爬起來，確定沙奈緒真的睡了，自己才去睡覺的。」

「哎？」

「沙奈緒睡著了，阿波羅才會睡喔！」

「這是騙人的吧？」

「沙奈緒曾經在半夜獨自一個人哭過吧？」

「啊！」

三十三歲那年的生日，第二次體外受精失敗，我決定放棄治療。

——還有阿波羅在。

我是這麼想的，卻不知怎地，還是半夜自己一個人哭了起來。

我記得那個時候，阿波羅一直陪在我身邊。

「從那個時候起，阿波羅就會假裝睡著，等沙奈緒先睡，再起來確認沙奈緒真的睡著了，然後舔一舔妳的眼睛，才會真正去睡。」

「騙人！」

「所以，沙奈緒並沒有在最後拋下阿波羅孤獨死去喔！」

「等一下、等一下！」

「阿波羅啊，一直在等沙奈緒睡著呢！」

「我……」

「阿波羅是確定沙奈緒睡著了，才安心去睡的。」

在那之後發生了什麼，我幾乎不記得了，只記得自己嚎啕大哭，用力抱著阿波羅，以沙啞的聲音一直道謝。

還記得，阿波羅一面「汪、汪」地叫著，一面溫柔地舔我的臉……

「滾開！」

沙奈緒回過神來，睦男跟阿波羅都不在了，穿著白色洋裝的女士面色難看地站在面前。

「對，對不起。」

沙奈緒慌忙站起來，將座位讓給白衣女子，她淚眼迷濛看得不太清楚，腳步也踉蹌不穩。

「您怎麼了嗎？」

有個聲音在沙奈緒身後驀然響起，是數。

沙奈緒用通紅的雙眼環顧店內，她還難以置信自己回到了現實。

——阿波羅……？

數收走沙奈緒用過的咖啡杯，走進廚房裡。穿著白色洋裝的女士彷彿沒發生任何事情一樣，再度開始默默地看書。

沙奈緒只看見顯示不同時間的三座巨大落地鐘，和天花板上的木製吊扇，以及穿著白色洋裝的女士，沒有窗子的店內感覺不到時間的流逝。

——難不成我在做夢？

剛才還在身邊的阿波羅消失無蹤，但是阿波羅真的在啊！已經去世的阿波羅，手上還殘留著牠的體溫，臉上也……

過了一會兒，數端了咖啡來給白衣女子。

「怎麼回事？」

「您指什麼？」

「現實完全沒有改變，對吧？」

「是的。」

「過去也沒有改變？」

「沒有。」

「但是，我卻覺得好像從另外一個世界回來似的。為什麼呢？」

沙奈緒急切地望著數。

「這我也不明白。」

數平淡無波地回答。

「這樣啊——」

沙奈緒帶著焦躁不安的心情，付了帳單後離開。

不知不覺間，太陽已經西沈，黃昏餘暉籠罩了這個城鎮，影子也被拉得長長的。

——我到底經歷了什麼？

我一面走回家，一面思索著。

一直懷抱著過去的後悔，心中的愁悶無處發散，我以為無論如何都不能得到救贖。

然而，現在的我卻充滿不可思議的感覺，無法以言語表達的感覺。

——感謝！

我僅能在心裡這麼說。

現在只想快點回家，將這一切告訴睦男。

——我之前不就說過了嗎？

我想，睦男一定會如此取笑，但我並不介意。

而且，我也有話想對阿波羅說……

在此之前，我只會不斷地說著：「對不起！」但我明白，那並絕對不是阿波羅想聽到的。

阿波羅一定是希望我不要再哭泣，抬頭挺胸地好好活下去。

所以，回家之後，我要對他們兩個說——

謝謝！

第三話　【伴侶】　沒有答應求婚的女人

——一定會跟我求婚的。

應邀來這家咖啡店的時候，石森日香里就有不妙的預感。

——難道，打算在這種地方求婚嗎？

真不知道對方心裡是怎麼想的，竟然選在這麼令人氣悶的咖啡店裡。地下二樓，沒有窗戶，天花板上的罩燈數量也很少，店裡十分昏暗，氣氛甚至有點陰鬱。

——哎？時間有些奇怪。

店裡有三座從地板一直延伸到天花板的大落地鐘，但三座鐘的時間都不一樣。看了一下自己的手錶，只有中間那座的時間是正確的。

——再也不想來了。

這是日香里到這家咖啡店的第一印象。

——以求婚來說，時機跟地點都太差勁了。

日香里在心中深深地嘆息。

她與崎田羊二是在兩年前的密室遊戲活動中認識的。

解謎的密室遊戲，就是假設己方被困在密閉的場所裡，參加者要在限制時間之內設法逃出來的活動。

這項遊戲活動的參加者，強制必須六個人一組。日香里跟兩位女性朋友一起參加，羊二的隊伍則是另外三個男生。羊二喜歡解謎遊戲，聽說週末他還會自己一個人去玩。

她對羊二的第一印象——尖嘴猴腮，還戴著眼鏡。

——小學時候的綽號，一定叫做「博士」。

日香里心裡一面這麼吐槽，一面看著羊二把眼鏡推上鼻梁，忍著不笑出來。

因為參加了那場遊戲，六人便成了好朋友，經常一起出去玩。

大概過了半年，日香里本以為團體活動還會持續下去，他們這一組的六人中，竟然出現了兩對情侶，僅剩下她跟羊二。

然而，在其他四個人的慫恿下，他們也開始交往。

羊二在這家咖啡店跟她求婚，是認識之後的第三個耶誕夜。

「結婚的事，我希望能再等一等。」

羊二拿出戒指盒的瞬間，日香里委婉地拒絕。

他們開始交往剛好滿一年的時候，羊二的言行常常讓她覺得對方有意結婚，也早就料到會有這一天。

「不要誤會，我不是不想結婚。」

——不知道跟這個人結婚，是不是正確的選擇？

這才是她的猶豫，只不過沒有勇氣直說，因為可能會傷了羊二的心。

跟他交往，日香里並沒有任何可以挑剔的地方。湊合兩人的密室遊戲，到現在她還是非常熱衷，而羊二是公務員，收入也不用擔心。

即便如此，一想到要結婚，日香里就覺得心情沈重，但這並不是因為未來沒有保障。

——可能會出現比羊二更合適的結婚對象也未可知。

她一直漠然地這麼期待著。

日香里沒有信心結婚之後不會後悔，她才二十八歲，就算現在不結婚，以後或許還是有機會。

她的女性朋友有二十四、五歲就結婚的，聽說都一一離婚了，或許因為如此，讓她對於結婚這件事本身，抱有不信任感。

她認為自己一個人生活也沒有問題，因此始終沒有結婚的意願。

——就這樣下去不行嗎？

從羊二口中聽到結婚的提議時，就感覺到自己退縮了。並不是厭惡，只是想看時機，單純覺得不是現在而已。

然而，現在……

「工作終於有意思起來。」

這並不是謊言。

日香里一年前換了工作，擔任婚禮企劃。之前的工作是大公司的職員，但是上司的道德騷擾，像是言語、態度、讓人不快的精神暴力等，讓她毅然決然地決定辭職。

現在的工作跟之前比起來，時間不固定，不僅週六很難休息，薪水也比以前少；不過主管人很好，工作也很有意義。雖然是工作，但看見眼前幸福的新郎跟新娘，她經常熱淚盈眶。

——我要是現在跟羊二結婚的話，沒有信心能這麼幸福。

她時常有這樣念頭，所以沒辦法下定決心。

不知道該如何用言語解釋這種感覺，也不知該如何圓滑地應對，她很清楚自己的個性不是很好相處，但是如果真的要走進婚姻的話，她不希望心裡存有芥蒂。

「是我太任性了，對不起。」

日香里紛亂的思緒千迴百轉，最後只能垂下視線，歉疚道。

杯中的咖啡早就已經冷掉了，卻一滴也沒減少。

「這樣啊！果然，是不是有點操之過急了？」

羊二苦笑著說。

日香里無語地望著他的面孔，心裡微微抽痛，因為自己的任性，讓他難受了。

即便如此，她也不願意違背自己的真心，直接答應結婚，她不覺得這樣能讓羊二幸福。

「我會等妳的。我會等，等到日香里改變心意為止。」

羊二說著，把冷掉的咖啡一口氣喝完。

「這是去年的事情。」

日香里把過去在這家咖啡店跟羊二的經歷敘述了一遍。當時的心情，她也盡量回憶，誠實地說出來。

這家咖啡店的老闆時田流，和女服務生時田數，還有坐在櫃臺座位的常客清川二美子，都默默地傾聽著。

嚴格來說，還有另外一個人——那就是坐在咖啡店最裡面位置上，靜靜看書的白衣女子。

雖然現在是十二月，那位女子卻穿著短袖的白色洋裝，一點也沒有覺得冷的樣子。可能是對日香里說的話一點也不感興趣吧，視線完全沒有從書本上移開過。

「哎，那妳現在跟他怎麼樣了？」

二美子好奇地問道。

她跟白衣女子完全不同，興致勃勃地聽著日香里的故事。

「我被甩了，就在半年前。」

「被甩了？他不是說要等妳的嗎？」

「是啊！」

「理由呢？」

「他，他喜歡上別人了……」

「搞什麼啊！」

二美子錯愕地將身子往椅背一靠。

「忘了吧！這種連半年都等不及的男人，快點忘掉比較好。不如說，沒跟他結婚真是太好了！既然如此，就沒有必要回到過去啊！」

「哎？」

第一次見面，而且只是偶然剛好在這家咖啡店裡的二美子，竟然擅自下了結論，這令日香里瞬間啞口無言愣怔地看著她。

日香里帶著「請幫幫我」的眼神，望向櫃臺後的流和數。

「唔——嗯——」

流雙手抱胸，眉頭緊皺嗯了一聲。至於數，根本沒有開口，仍然若無其事地繼續擦著玻璃杯。

——這些人，是怎麼回事？

她本來就不相信什麼真的能回到過去，但若是真的能回去的話，那便是救命的稻草，她怎麼都要拼命抓住。

確實，流跟數並沒有說：「不說明理由就不能回到過去。」是二美子問她：「發生了什麼事？」

日香里並不知道初次見面的二美子是何方神聖？或許是替兩人發言的也說不定，所以她也知道對什麼也不說的兩位工作人員怨懟，並不合理。

其實，她反而覺得有些丟臉，這麼輕易就說出自己的私事，且任性地不開心、任性地覺得自己很慘。

——我到底在幹什麼啊？

日香里開始後悔自己到這家咖啡店來了。

就在此時，她聽見彷彿像是喁喁噥噥的聲音。
「可以回去的喔！」
日香里抬起眼，看見櫃臺後面的數停下手，望向自己。
「真的嗎？」
「是的。」
這麼說來，從走進這家咖啡店之後，除了數的「歡迎光臨」以及流的「嗯」之外，就只有二美子跟她說話。
日香里急忙逮住櫃臺後的數，打算切入正題。
「那麼，請讓我回去！回到剛剛說的一年前的那一天！拜託了！」
「回去也沒有用喔！」
二美子再度插嘴。
不過，這次日香里怎麼也不肯讓步。
「您怎麼知道一定沒用呢？不回去試著糾正一下，不會知道吧？」

日香里激動地駁斥道。

二美子聽聞，訝異地睜圓了雙眸。

「對不起，是我言語不當。」

察覺自己失禮的二美子，馬上露出愧歉的表情。

看著二美子，日香里後悔自己反應太過激烈。

只不過，二美子並非是反省。

「不是的，妳可能不知道吧？是可以回到過去，但是就算回去了，無論妳如何努力，現實都不會改變的。」

「哎？」

二美子的說明，並不是日香里想聽到的答案，因為她是為了要改變現實，才想回到過去的。

要不然，為什麼要回到過去呢？

「您在說什麼啊？」

「也就是說，即使回到過去，接受了他的求婚，或是您主動跟他求婚，他還是會喜歡上別的女人，跟您分手。這個現實是不會改變的。」

「所以我的意思是，為什麼不會改變啊？」

日香里的聲音比剛才更加高亢。

「因為規矩就是這樣。」

數冷靜地回答。

「規矩？」

「是的。能夠回到過去，但雖然可以回去，卻有幾個強制必須遵守的規矩。」

數的語氣雖然很平靜，只是當說出「強制」這個詞的時候，卻令人毫無反駁的餘地。

看見數冷然的視線，就像是碰上了無法撼動的銅牆鐵壁一樣，感覺無論怎麼掙扎都沒有用。

即便如此，她還是無法接受。

「但是，可以跟他約定要結婚吧？」

日香里試著辯駁道。

「可以。」

「咦？」

「可以約定，但是沒辦法結婚。」

一瞬間，原來高興起來的日香里，又跌下了深谷。

「那麼，直接訂好婚禮場地不就行了嗎？」

「就算訂好了婚禮的場地，當天一定會出現問題，無法舉行儀式。要去區公所登記，也一定沒辦法成功。」

日香里腦中一團混亂。

——過去改變了，現實就會改變。

她以為這是全世界共通的認知，現在卻全被顛覆了。

「騙人的吧？」

——請說是騙人的。

「是真的。」

「為什麼會有這種規矩？」

「這我們也不清楚，只不過，規矩是絕對的。根據規矩，您絕對無法跟他結婚，而且他一定會喜歡上別人，然後跟您分手。在這期間，您跟他的關係不會有進展，也不會後退。反過來說，在他甩掉您之前，就算您想先甩掉他，也不會成功。」

「哪有這種事？」

日香里頹然地在中間的桌位坐下。

——沒想到竟然會有這種麻煩的規矩。

知道這家咖啡店能回到過去，是羊二在簡訊裡提到的。那是在分手幾個月之後，有一天毫無預兆地收到的。

『妳還記得我向妳求婚的那家〈纜車之行〉嗎？據說，在那家咖啡店裡可以回到過去。』

沒有問候，只有短短兩行文字。

——真噁心。

日香里不禁在心裡打了個冷顫。

自己隨便交了別的女朋友分手了，竟然還敢傳這種莫名其妙的訊息來，到底是什麼意思？

日香里看過之後並沒有回傳，而是強迫將之拋到腦後。

過了幾天，她便收到羊二的訃聞。

這一連串的事件，讓日香里覺得有些古怪。就像玩密室遊戲時，偶爾會一閃而過的那種靈感；就像將看起來毫無關係的謎題，聯繫在一起後導出答案的那樣感覺。

求婚，背叛，突然其來的訃聞，還有……最後一通簡訊……

日香里認為這些關鍵詞能夠導出答案，她相信自己的直覺，於是決心來到這家咖啡店。

——或許能夠改變現實……

她如是期盼地暗忖著。

然而，她的希望完全粉碎了。

「現實無法改變，好像讓妳非常驚訝，是嗎？」

二美子看著怔怔地望向天花板的日香里問道。

「這種反應很正常。」

流理所當然地順勢插話。

「確實。」

其實，二美子以前也曾經回到過去，她是去見突然決定到美國工作的男朋友。那個時候，二美子也對這家咖啡店的規矩一無所知。

基本的規矩有五項——

一．就算回到過去，也無法見到沒有來過這家咖啡店的人。
二．回到過去無論如何努力，也不能改變現實。
三．能回到過去的座位上有人坐著。
四．不能離開座位行動。
五．有時間限制。

二美子跟日香里一樣，當知道現實不能改變之後，也曾經想過要放棄回到過去。但是她念頭一轉，要是不管做什麼現實都無法被扭轉的話，那她就回去跟擅自做決定的男朋友抱怨一句也好。

最後，她雖然還是沒能成功阻止男朋友前往美國，卻意外聽見了他真正的心意，也讓自己的心境有了不一樣的變化。

「對了，妳在美國的男朋友還好嗎？」

流對坐在櫃臺位子上的二美子問道。

二美子並沒有立刻回應，而是悠然地喝了幾口咖啡。

「嗯——，大概吧！我想，應該是還不錯。」

她說得事不關己。

「你們沒有聯絡嗎？」

對於這個問題，二美子也沒有馬上回答，她怔怔地用食指撫摸著咖啡杯邊緣。

二美子的態度連在旁邊無意偷聽的日香里也看得出，她並沒有跟在美國的男朋友時常聯絡。

「也好，沒有消息就是好消息。」

流說完，伸手拿走二美子的咖啡杯，回到廚房裡去續杯。

「是吧……」

二美子若有所思地低喃道。

——真令人不快。

日香里發現自己不知怎地，對二美子感到不爽。但並非因為分明是初次見面，不是店員的二美子卻一副專家的樣子對著她說明。

「就算回到過去也不能改變現實。」

從日香里旁聽到的內容，也能明白二美子顯然只是跟男朋友嘔氣，故意不跟他聯絡而已。

——一提到男朋友，就突然老實起來了。

其實，人的情緒就算不多話，也能夠察覺的出來，或許是表情，也可以是動作。

現在的二美子垂下視線，咬住下唇，想要隱藏真正的心情。她一定不滿在美國的男朋友不主動聯絡，但她這樣的不滿，是沒辦法傳達給對方。

——這個女人在幹什麼啊？

容顏端麗、漂亮的面孔、滿身散發著不肯服輸的傲氣，男朋友要是不主動聯繫，她肯定不會自己去聯絡的。

——蠢透了！只是一句話就能解決的事情，跟分明可以聯絡的對象沒必要地嘔氣。

日香里發現自己在嫉妒二美子，而這就是她感到不愉悅的原因。

是的，就是嫉妒。

——這個女的不僅是美人，還有男朋友，她有的我全都沒有。

只要是男人，被二美子喜歡絕對不會不開心的。

她妒忌著二美子的外貌。

即便跟在美國的男朋友分手，一定也能立刻跟別的男人交往，天下的男人不可能放過二美子的。

只因為對方不主動聯絡就鬧起彆扭，也只有這種天生有優勢的女人才做得出來。

——老天真是太不公平了。

日香里沒有這種優勢，而且分明沒有優勢，卻推拒了羊二求婚。一起玩解謎遊戲的伙伴，最後只剩下她，然後順勢跟羊二交往。

即便如此，她還以為羊二並不在意外在，而是看中了自己的本質。她一廂情願地這麼認為，卻忘記了，到頭來，男人還是只看外貌。

「我會等妳的。」

日香里信了這句話，曾經相信過。

「我有喜歡的人了。」

羊二卻絕情地對日香里如此說道。

她覺得這簡直太過分了。

——不，讓他等可能是我不對，但還是忍不住會想，要是我長得可愛一點就好了。

浮腫的眼睛、塌鼻子、薄薄的嘴唇、沒有任何特色的平凡面容，沒辦法像二美子這樣優雅漂亮。

——要是起碼能有二美子那雙美眸，或是鼻子，或是嘴唇的話，羊二可能就不會想交新的女朋友了吧？

二美子擁有日香里想要的一切，這讓日香里更是感到怨憤。

——醜惡的嫉恨。

日香里心裡都明白，也知道這沒有什麼好比較的。然而，每當想起羊二說有了喜歡的人，還是忍不住覺得又恨又悔。

——要是那一天接受了他的求婚，會是怎樣呢？我一定不會像現在這樣充滿醜惡的妒恨吧？

但是，一切都太遲了，已經無法再見到羊二了。

日香里下定決心似地對著從流手中接過續杯咖啡的二美子開口。

「其實……」

「啊，對不起，您在跟我說話嗎？」

二美子沒想到日香里會主動跟自己搭話，正準備要喝咖啡。她把咖啡杯放回碟子上，轉身面向日香里。

「我的男朋友……」

「嗯。」

「已經去世了，在分手之後。」

「哎？」

日香里的坦言讓二美子的美眸驀然睜圓，她和站在櫃臺後面的流對望了一眼。

「嗯，他有心臟病，我知道他常常去醫院。」

日香里茫然地望著桌子上的糖罐，喃喃地說道。

「他甩掉我的時候，我怎麼樣也沒想到他會就這樣死去。啊啊，我還在想不願意立刻結婚，他可能會不高興。真讓人不爽！」

——但是……

她心裡深處有著一絲懷疑。

——難道他知道自己生病快死了，才故意跟我說他喜歡上了別人，來跟我談分手？

日香里不以為然輕輕地哼了一聲。

——不可能。

這種想法也未免太給自己面子了，這種話根本不好意思說出口。

——但是，要是真的是這樣呢？

分手之後這半年間的感受，就完全被推翻了。

——那樣的話，我該如何是好？

日香里發現流跟二美子都正在看她，微微搖了搖頭。

——就算是這樣，現在也於事無補了。即使能回到過去，不能改變現實，那就沒有任何意義。

日香里不敢將心中的陰霾用言語表達出來。

「要是能回到過去，至少可以告訴他在太遲之前接受治療，或許能救他一命。要是能幫到他，或許就不用分手了，不是嗎？」

她頹然地低喃道。

果然已經過去的時機，是不可能再回來了。要是能辨得到的話，那這家咖啡店早就名滿天下，店裡擠滿想回到過去彌補各種錯誤的客人，也不奇怪。

然而，沒有窗戶的陰暗店內，看來看去也只有白衣女子跟二美子兩位客人。菜單上一杯咖啡也只要三百八十日圓，最昂貴的品項是九百八十日圓的雞肉紫蘇奶油義大利麵。

對餐飲業不熟悉的日香里也看得出，這樣的客人流量和這種菜單，絕對不可能靠營業額撐下去的。要是能回到過去改變現實的話，一杯咖啡一萬日圓，不，十萬日圓都會有人來的。

——要是回到過去並不能改變現實的話，那這家咖啡店根本沒有價值可言啊！

確實是這樣。事實上，現下日香里心裡就是如此忖道。

要是能回到過去幫助羊二，要是她接受羊二的求婚，兩人能一起幸福地生活的話，日香里願意拿出一百萬日圓，不，就算人家要一千萬日圓，她或許也會願意。

她終於明白了，普通人根本不想到這家咖啡店來回到過去。

「看來我是白跑一趟。我要回去了，請問多少錢？」

日香里說著，站了起來，伸手拿掛在椅背上的外套。

數已經站在收銀台後面，她將帳單遞過去。

「三百八十日圓。」

數的口氣依舊平淡沒有起伏。

從日香里進來之後，就幾乎感覺不到這位店員的存在，她幾乎不說話，完全不適合從事服務業。與日香里說話應和的，也只有二美子跟流，數只默默地整理著餐具。她讓人感覺似乎有一道無形的壁壘，不受外界事物的干涉。

日香里雖然嫉妒著二美子的容貌，但二美子願意傾聽，對她的好感度也上升了不少。至於流，雖然只是雙臂抱胸、發出嗯嗯的聲音，卻也是很認真地傾聽。

因此對日香里而言，除了穿著白色洋裝的那位女客人之外，只有數對周遭的一切毫不關心。

「就這樣回去真的好嗎？」

數乍然對著站在收銀台前面的日香里問道。

日香里一時之間不曉得她在說什麼？

——難道是自己忘了什麼東西嗎？

她包包背在肩膀上，轉頭望向座位，並沒有留下任何東西。

——雖然沒有留下東西，卻有遺憾。

日香里心中的陰霾仍未消除，但是她不覺得數指的是自己的心情。因為最想消除胸中鬱悶的，就是日香里自己。

「嗯。」

日香里從數手中接過找零，反射性地回應。

——就這樣回去真的好嗎？

她想著該怎麼回答，不禁迷惘了起來。

數並不是要留住日香里，只是……

——因為不想讓我難過？等一下！雖然只是我的推測，但美化現實也該有個限度。不過，要是……要是羊二是真的不想讓我傷心，所以才說謊的話呢？

數的一句話，讓日香里的心結慢慢解開，之前她可能是刻意不去想，刻意不去留意。

然而，考慮到羊二的個性，一切就很清楚了。他分明說了會等待的，就不會輕易改變心意才是。

他不是那樣的男人，如果是那樣，自己根本不會喜歡上他。

——該怎麼辦才好？

日香里付完了帳，卻遲遲沒有離開店內，二美子疑惑地望著她。

數並沒有離開收銀台，只是垂著目光站著。普通的女服務生在結帳完畢之後，一定會低頭行禮說：「多謝惠顧。」數卻沒有如此，好像一直在等待什麼似的。

日香里望著數，突然發現了某件事。

「那個，我想再確認一次。」

「什麼事？」

數彷彿正在等待日香里的詢問。

「回到過去，無論如何努力……也就是說，不管說什麼，現實都不會改變是吧？」

「正是如此。」

「就算，告訴他……他會死，也一樣嗎？」

「是的。」

「那會影響他之後的生活嗎？」

「就算知道自己會死，他之後的生活依舊不會有變化。因為現實在規矩的約束下，不會改變。」

「那麼，他所知道的未來呢？他會記得嗎？」

「會記得。」

「會記得？」

「只不過相不相信，那就要看他本人了。」

「也就是說，當成開玩笑，或是認真地接受，都看他自己的意思？」

「就是這樣。」

「原來如此。」

正如她所想的，這樣的話，便能做出如此推斷——現下的自己知道羊二會喜歡上別的女人，但是回到過去見到的羊二並不知道這件事。

日香里不管回不回到過去，分手的現實都不會改變。

然而，同樣的現實，在羊二的立場看來會是怎麼樣呢？

——要是羊二早就知道自己將不久於人世，所以才對日香里說出這樣的謊話呢？

對羊二而言，那天求婚被拒絕，然後迎接死亡，跟求婚成功之後迎接死亡，應該是完全不同的吧？

對日香里來說，是絕對不會改變的現實；對羊二而言，應該會有什麼變得不一樣吧？

至少從那天之後，到死前的幾個月，他的心情一定是不同的。

既然如此，即便喜歡上別的女人，那可能也是件好事也未可知。如果他本來就是說謊的話，更是如此。

——對我而言沒有意義，可能對羊二而言是有意義的。

日香里一直默默地望著數。

「我還是想要回到過去，我想回去稍微抵抗一下這個現實。」

她下定決心地斷言。

「我知道了。」

數淡然地回答後，旋即轉身進入廚房。

日香里連帳都付了，才說：「想回到過去。」本以為對方會探問她理由，卻完全沒有發生，就好像自己心中所想的，早就被人看透一樣，感覺不是很舒服。

「現在是什麼狀況啊？」

日香里回到位子上，二美子主動問道。

這個女人果然還是來問了，但自己沒有理由全部告訴她。

「因為不想後悔。」

日香里只簡單地回答。

「原來如此。」

二美子一怔低喃道，並沒有再繼續追問下去。

不一會兒，二美子突然想起自己還有事，便匆忙離開了咖啡店。

喀啦哐噹——

牛鈴響起，門開起又關上。

她可能是要去跟在美國的男朋友聯絡吧！也可能有別的事情。

——是不是後悔自己跟男朋友嘔氣了？

當聽到日香里說：「不想後悔。」或許二美子也體會到了吧！聽到別人的話有什麼感受，要採取什麼行動，都是個人的自由。日香里也一樣，本來想離開的，卻因為數彷彿不經意的一句話，就讓她萌生想回到過去的念頭。

現在她覺得即使現實不會改變，回到過去或許也還是有意義的。

——為了羊二。

她稍微想起了跟羊二交往時的感情，覺得胸中一緊，發現自己一直都刻意不去正視這份感情。

——發生了太多事，沒辦法冷靜地面對自己的感受。不過，現在不同了，我果然是愛他的。

不僅如此，現在對於回到過去，日香里已經不再迷惘了。

——我還有想確定的事。

她下定決心再度把外套掛在椅背上，坐了下來。

等了一會兒，數就從廚房走回來，她一面替咖啡續杯，一面說明除了現實無法改變之外，還有其他的規矩。

■只能見到來過這家咖啡店的人。

■要回到過去，必須坐在某個固定的位子上。

■就算回到過去，也無法離開座位自由移動。

雖然這些規矩很麻煩，但並不算困難。

然而，只不過有一個規矩卻讓她很是驚訝……

「幽靈嗎？」

坐在最裡面位子上穿著白色洋裝的女性，竟然是幽靈？

一瞬間，她以為是在開玩笑。

「是的。要回到過去的話，必須等她去洗手間的時候才行。」

日香里望著面色如常繼續說明的數，一時啞口無言，明明看起來就不像是會開玩笑的類型。

不過，既然都能回到過去了，有幽靈存在也不奇怪。只不過，就算接受有幽靈這件事……

「洗手間？幽靈還要去洗手間嗎？」

不管怎麼想，都想不透幽靈為什麼要去洗手間？搞不好數還會一本正經地說：「騙妳的。」也說不定。

日香里疑惑地直盯著數的臉。

「是的，她每天都一定會去一次洗手間，請您趁那個時候坐到那個位子上。」

數不為所動俐落地說明，完全不在乎日香里的訝異、懷疑和動搖。

由於白衣女子不知道什麼時候才會去上洗手間，因此只能一直等，就算關店之後也可以繼續待著。

店裡有三座落地鐘，但顯示的時間都不一樣，只有中間那一座的時間是正確的。

現在剛過下午五點，中間的落地鐘「咚——咚——」響了五次。

「那我就等吧！」

日香里說完，伸手拿起剛倒好的咖啡。

日香里平常都喝即溶咖啡，或是市販的掛耳，她覺得這裡的咖啡味道完全不一樣。跟羊二一起來的時候確實也喝過，但她已經完全不記得了。

——當時顧不上那麼多。

她抬眼剛好可以看見穿著白色洋裝的女人，她一直默默地看著書，不時還會翻頁。

——她可能真的在看，那麼，她知道自己在看什麼嗎？幽靈也會覺得好看或是不好看嗎？

日香里對眼前的白衣女子很感興趣。

「您在看什麼書呢？」

日香里不由得開口詢問白衣女子，她並沒期待回答，當然白衣女子也沒回話。

「要小姐喜歡看小說。」

答話的是流。

——原來幽靈有名字。

不過，日香里更感興趣的是，她喜歡小說。

「小說？」

「是的。」

「怎麼知道她喜歡小說呢?」

「因為她生前……啊!」

「哎?」

流吞下即將出口的話語,然後好像很尷尬似的抿著嘴,日香里隨著他的視線瞥向旁邊的數,似乎是在意她的反應。

日香里沒聽錯,是「生前」,這樣的話,稱呼她為「要小姐」也可以理解了。

白衣女子跟這家咖啡店是有關係的人物。

從流的反應就知道,這是個敏感話題,只不過人越知道有秘密,就越感到好奇。

「那位要小姐,是什麼人啊?」

日香里正開口詢問時——

啪嗒！

書本闔上的聲音傳來。

白衣女子毫無聲息地靜靜站起來，日香里忍不住畏縮了一下。

——站，站起來了！說是幽靈，但是她有腳！

白衣女子從縮成一團的日香里身邊走過，連腳步都悄然無聲，然後消失在玄關口右邊的洗手間裡。

「位子空出來了。」

「啊？」

不知何時，數已經站在她面前，日香里的注意力完全在進入洗手間的白衣女子身上。

「您要去坐嗎？」

「當，當然！」

日香里結巴地大聲回答。

「既然如此，在您坐上那位子之前，還有一項非常重要的規矩，必須跟您說明。」

「還有一個重要的規矩？」

「是的。」

日香里雖然十分在意白衣女子的身分，只不過，現下回到過去見羊二更為重要。

「嗯……是怎樣的規矩呢？」

日香里停頓了一下問道。

「坐上那個位子之後，我會替您倒咖啡。」

「哎？咖啡我已經在喝了啊？」

日香里指著面前的咖啡杯。

「是另外的咖啡。」

「……這樣啊！」

日香里到這家咖啡店之後，已經喝過一杯咖啡了，第二杯才剛剛喝了一口，既然續杯了就要喝完，不能浪費。

——第三杯……

她並不討厭咖啡，但連喝三杯也實在有點膩。

日香里面無表情地輕聲嘆了一口氣。

「所以是？」

她想知道是什麼規矩。

「您回到過去的時間，只從我將咖啡倒進杯子後開始，到這杯咖啡冷掉時為止。請一定要在咖啡冷掉之前全部喝完。」

「冷掉之前喝完嗎？」

日香里伸手觸摸眼前的咖啡杯，續杯之後大概過了五、六分鐘，現在還是溫的。

——完全冷掉還要再過幾分鐘吧？也就是說，回到過去的時間大約是十五到二十分鐘左右。這樣應該足以接受羊二的求婚，然後再回來。

日香里在心裡這麼盤算著。

「我知道了。」

她瞭解地說道。

說是重要的規矩，但也沒什麼大不了的，她反而覺得現實無法改變的問題比較大。

「總之，只要在咖啡冷掉之前全部喝完就好了吧？」

日香里很爽快地接受了這條規矩。

——在冷掉之前喝完很簡單啊！

日香里拿起第二杯咖啡，喝了兩口確認一下。

——還不算冷，也沒熱到一口氣喝不完。特別提醒說要在冷掉之前喝完，是因為會有人喝不完嗎？

「順便問一下，沒喝完的話會怎樣？」
她突然想知道後果。
「要是沒喝完的話……」
數含糊地沒接下文，沒有立刻回答她的問題。
「沒喝完的話會怎樣？」
——怎麼回事？
日香里皺著眉頭等待揭曉。
「您就會變成幽靈，一直坐在這個位子上。」
「哎？」
日香里驚愕地望向白衣女子走進洗手間的方向，然後像慢動作般地轉頭回來看著數。
數依舊淡然面無表情，只默默地凝視著白衣女子，不，是變成幽靈的女子所坐的位子。

——這不就要賭上性命嗎？沒想到回到過去的規矩存在著這麼大的風險。

日香里腦中突然浮現出一個重大的疑問。

——在咖啡冷掉之前！這個定義太曖昧了吧？

日香里再度摸了摸眼前的咖啡杯，確認溫度。

——咦？

的確比剛才摸的時候變涼了不少，幾分鐘之前還是溫熱的，現在已經冷掉了。

——騙人的吧？這才過多久？

突然之間，她不確定咖啡到底要到怎樣的程度，才能算是冷掉。用手觸摸杯子覺得冷，就算嗎？說是冷掉的咖啡，但如果是夏天的話，應該還算是溫的吧？

她不禁遲疑了。

「您打算怎麼樣呢？」

數平靜地問道。

這個問題沒有抑揚頓挫，但她的意思是：可能會變成幽靈也說不定，那麼，您還是想回到過去嗎？

日香里知道她是在強調這一點，也瞭解同時是在提醒自己：要回去就請趁現在。

這是最終確認。

聽她這麼說，日香里再度整理自己的心情。

決定回到過去的理由有兩個——

首先，確定羊二說「有喜歡的人」這件事，是真的？還是假的？

另一個理由則是，就算真的喜歡上別人，那對當天求婚的羊二來說，也是未來的事情，根本無所謂。所以為了羊二，她打算要接受求婚。

——我想好好告訴他自己的感情。

這是為了日香里自己。

不過，變成幽靈的話，風險太大了。雖然只要在冷掉之前喝掉就好，但到底怎樣才算是完全冷了，這種曖昧的規矩讓人害怕。

要是聊得忘了時間，錯過從「快冷了」到「冷掉了」的溫度差異，是很有可能的，這個溫度差可能是零點一度，也可能是一度。

日香里越想越覺得沒有答案。

——但是，現在不回去，可能只會更加後悔。

她下定決定一口氣喝掉眼前的第二杯咖啡。

——哇，果然已經冷了。

日香里望著空的咖啡杯，到底是幾度不知道，即便如此，她仍然明白這杯咖啡冷掉了。

——果然冷掉的時間比想像中還要曖昧且短暫。

此外，自己的時間感認知，跟實際上也有很大的偏差。

時間並不是絕對的，可能是相對的也說不定。

——只要捧著咖啡杯，覺得開始變溫了，一口氣喝完就好。

這是日香里千迴百轉後的結論。

「我想，」

她停頓了一下，將咖啡杯放回碟子上，慢慢站起來。

「再見他一面。見到他，跟他表達自己的感情。」

日香里將心裡話說出來後，塵埃落定。

——我不想再後悔了。

雖然在心裡給自己編了一大堆冠冕堂皇的理由回到過去，但其實根本就不需要。

——即使有風險，還是想跟羊二見一面。

只是這樣而已。

「我明白了。」

數說完，轉身回到廚房。

「我可以坐那個位子嗎？」

日香里對著站在櫃臺後面默默不語的流確認道。

「請。」

流揮著手示意。

日香里咬住嘴唇，站在能回到過去的座位前面，感覺自己心跳加速，難以想像坐在這個位子上就能夠回到過去，她不知道會發生什麼事。

日香里慎重地把身子移到桌子和椅子中間，慢慢地坐下去。

「…………」

——什麼事情也沒發生啊！

這張椅子坐起來，感覺跟其他椅子並沒有什麼不同。如果一定要說有什麼不一樣，那就是椅子感覺比較涼。啊，不對，不光是椅子，冷靜下來之後，就能感覺到這個桌位彷彿被寒氣包圍一樣。

——幽靈坐著的位子。

這麼一想，頓時覺得背脊一涼。

——搞不好會變成自己坐在這個位子上。

日香里閉上眼睛，搖頭甩掉一瞬間浮現在腦中的負面想法。

數從廚房走了回來，手上端著一個放著銀咖啡壺和純白咖啡杯的托盤，站在日香里正坐著的能回到過去的座位旁邊，先撤掉白衣女子使用過的杯子，然後再把新杯子放在日香里面前。

「可以了嗎？我要為您倒咖啡了。」

「好的。」

「回到過去的時間，只從我將咖啡倒進杯子後開始，到這杯咖啡冷掉時為止。」

「知道了。」

剛才說明的時候，她以為咖啡冷掉的時間是十五到二十分左右，當知道沒喝完的風險之後，她的想法改變了。

頂多也就十分鐘，不，她感受到必須盡快喝完的壓力。

這時，數在日香里面前拿出一根攪拌棒似的東西，大約長十公分。

日香里疑惑地望著數。

——這是什麼東西？

她將困惑的目光移向數，無聲地詢問。

「把這個放進杯子裡，在咖啡冷掉之前警鈴就會響，響了之後請盡快把咖啡喝完。」

數說著，把小棒放進杯子裡。

「這個會提示咖啡要冷掉的時間？」

「是的。」

——有這麼方便的東西怎麼不早說啦！把我煩惱浪費的時間還給我啊！

日香里嚥下幾乎脫口而出的抱怨。

「原來如此。」

雖然很想埋怨，她也只能苦笑著說。

反正不管她說什麼，這位女服務生應該都無動於衷，對方一定也沒有惡意。

不過，她真的鬆了一大口氣，響了之後喝完就可以，這樣就不用擔心咖啡到底什麼時候才算冷掉了。

「可以開始了嗎？」

數再次確認道。

日香里深吸了一口氣。

「好的，拜託了。」

她下定決心回答。

數聽到日香里的話，微微點了頭，拿起了銀咖啡壺，瞬間店裡的空氣緊繃了起來。

日香里發覺自己緊握著拳頭微微顫抖。

——好可怕。

自己分明已經下定決心了，但她並不是害怕會變成幽靈，而是去見死去的人讓她感到害怕。

已離世的人出現在自己面前，會是怎樣的感覺呢？她想像不出來。

日香里緊緊閉上眼睛，咬住嘴唇。

數望著日香里，慢慢舉起咖啡壺。

「在咖啡冷掉之前……」

她輕聲說著，然後將咖啡從壺中慢慢注入杯子裡。

日香里微微張開眼睛，看著眼前的光景。

慢慢滿起來的咖啡杯緩緩升起一縷熱氣，那縷熱氣沒有消散，而是朝天花板上升。

日香里望著那一縷熱氣，驀然察覺到非常奇特的感受，剎那間她發現周圍的景色開始搖曳晃動了起來，自己的身體好像變成熱氣一樣，朝向天花板愈來愈靠近。

原來日香里不是望著熱氣上升，而是自己變成了熱氣。

——騙人的吧！

而且並不是天花板壓下來，是周圍的景色開始從上到下流動，像是走馬燈一樣，咖啡店的情景從上方出現，消失在下方。

一種猶如暈眩般的感覺包圍了日香里。

——時間真的倒退了！

日香里再度閉上眼睛，她十分地困惑，也感到畏懼。

——但是，能夠再度見到羊二。

光是這麼想，呼吸就急促了起來，坐立不安。

——我好緊張。

這種緊張感令她很熟悉……這是在跟羊二交往之前的感覺。

☕

小學的時候，曾經有過因為剪了短頭髮，被同年級男生取笑的苦澀記憶。在那之後，我就再也沒有剪過短髮。

雖然不到創傷的地步，但就是會避開短髮。

——剪掉了。

我對著鏡子吐了吐舌頭。

契機是，清早電視節目的占卜。戀愛運的幸運標誌是「短髮」，改變形象會讓戀愛運上升的解說，讓我躍躍欲試。

其實，當時我對一起玩密室遊戲的某個男生有意思，他叫做二宮亮，高壯的運動員類型，聽說國中和高中都是打排球的。我多少想引起二宮的注意，就斷然剪了短髮。

不過，玩遊戲的六人組許久不見再度相聚的時候……

「咦，妳剪頭髮啦？」

他驚訝地問道。

——啊！創傷又回來了。

不是因為被取笑了，他可能也沒有反對短髮的意思，我明白。本來期待要是運氣好的話，或許能得到「很可愛啊」、「很適合妳呢」這樣的稱讚，但他那一句話，就夠讓我後悔剪頭髮了。

——果然還是不要剪短比較好。

我盡量露出笑容，掩飾真正的心情。

那天，我心裡非常不好受，越笑越覺得難過，不斷摸著剪短的頭髮，從來不覺得一天的時間是這麼漫長。

——都已經剪了，再怎麼摸也不會變長。信了什麼占卜，還懷著不可告人的心思，真是太丟臉了！

頓時覺得自己好悲哀，只能勉強扯著嘴角。

「短髮也很適合妳喔！」

在那天回家的路上，羊二這樣說。

永遠不會忘記，羊二的話是如何瞬間撫慰我受傷的心靈，溫柔的話語充滿了對我的關懷。

我雖然一直面帶微笑，其實是在發出求救的訊號，而到最後都沒有人願意伸出援手。

——不要再跟這群人聚會了吧！

我甚至這麼想。

這麼說來，我一直都是這樣漸漸地讓自己無處可去，所以那天羊二的一句話拯救了我。

從那天開始又過了一年，我的頭髮長回了原來的長度。不知何時，一起玩的這群人裡有了兩對情侶，只剩下我跟羊二。

有一天，密室遊戲結束後，其他兩對各自離開，留下我跟羊二。通常都是羊二先走進查票口，我自己走到稍微有點距離的車站，但羊二卻說，有空跟我一起走到我搭車的車站。

那天，很稀奇地下了雪，是難得的白色聖誕。

我和羊二並肩沙沙地踩在雪地上往前走，兩人離得不太遠，也不會太近，感覺輕飄飄地，一個不注意就好像要靠到他身上一樣。我確實有想靠到他身上的衝動，但還是低著頭一徑地看著自己踩在雪地上的腳。

「長的也很適合。」

羊二乍然沒有任何預兆地開口。

「哎？」

我略感無措地轉過頭，只見羊二呼出白氣，縮著肩膀，望著前方。

「頭髮。」

「啊，喔喔。」

我羞澀地抓著已經變長的頭髮。

「那不就是不管怎樣都合適的意思嗎？」

我故意壞心眼地反問。

與其說壞心眼，不如說是抱著某種期待。

「就是怎樣都合適的意思。」

「怎樣都合適？」

「怎樣都合適。」

「這樣啊——」

「嗯。」

「謝謝吔！」

這正是我期待的回答。

我們靜靜地對著彼此笑了笑，繼續在雪地上前行。

我很開心，他還記得一年前的那件事——我受了傷，然後被他拯救的那一天。

羊二想必一直在等待，等我的頭髮變長，我喜歡他這樣。

後來，我才知道他本來想告白：我們交往吧！

其實他不說，我也明白了。

——所以，現在我很後悔。

他特別邀我來這家店，跟我求婚，他也明確地說出口了。

我以為我們兩個人理所當然會一直在一起，是我太天真了。

我以為我們的關係會永遠持續下去，但事實並非如此。

要是能重來的話……我希望能重來……

我要好好告訴羊二，他對我有多麼重要。

就算，現實無法改變也一樣……

☕

從上往下流逝的時間過了多久呢？好像很長，也好像只有一瞬間。

——要是人臨死前真的會看見走馬燈的話，那可能就是這樣的光景吧！

日香里思忖著，當回過神來時，羊二已經坐在對面。

說是對面，卻是別的桌位，雖然是面對著面，但中間隔著一段距離。

也就是說，日香里坐在一年前的自己背後的白衣女子的座位上。

這也太神奇了。更神奇的是，已經去世的羊二就在自己眼前。

「阿羊！」

日香里下意識想站起來。

「站起來的話，就會立刻回到現實了。」

再度看見羊二讓她一時忘記了數提醒的這個規矩。

就在此時——

「啊！不能站起來！」

羊二趕緊舉起手出聲制止。

「哎？」

日香里一時之間不知道羊二為什麼這麼慌張地大聲叫喊。

「啊！」

好一會兒，她才回過神叫出聲來，立刻想起了規矩，重新坐穩。

難得回到過去，要不是羊二制止，她差點就立刻又回到未來了。

「好險啊！」

羊二誇張地擦拭額頭上的汗水。

「咦？」

日香里回想了一下到目前為止所發生的事情。

——羊二叫我不要站起來……這不就表示他清楚地知道我是從未來回來的嗎？

日香里想到這裡，頓時慌亂了起來。

即使羊二很瞭解這家咖啡店的規矩，但一般來說也不會立刻認定坐在這裡的日香里來自未來吧？

——應該不可能知道才是。

然而，羊二卻阻止了日香里站起來，完全沒有遲疑。要是不知道日香里來自未來，他不可能做出這種反應，

「難不成……」

日香里抬頭望向站在櫃臺後面的數。

——是妳告訴他的嗎？

她用眼神詢問，但數彷彿沒察覺到日香里的視線，毫無反應，逕自走進了廚房。

「等，等一下！」

日香里驚慌得聲音都走調了。

其實數的態度是意料之中的事，就算日香里質問她，答案一定也是：那是不可能的。

因為即便是數，也不可能預測到日香里會從未來過來，這個道理不用細想，日香里也能明白。

——那麼，羊二怎麼知道我是從未來過來的呢？

原本見到羊二要說的話，也因為眼前這個謎題而被她拋到了腦後。

日香里看著羊二站起來，走到自己的桌位面前，毫不猶疑地在對面坐下，兩人四目相接。日香里緊張地窺視著羊二，他卻滿面笑容。

——難不成，他打算現在求婚？

日香里在腦中搖了搖頭。

——不對，但要是我的記憶沒出錯的話，求婚前的羊二根本完全笑不出來。

日香里不知道眼前的羊二為什麼滿面笑容？

「啊，那個，」

日香里不知所措地對羊二開口，她得先知道現在到底是求婚之前，還是求婚之後？

要是求婚之前，那她就收下羊二給的戒指就好；但要是求婚之後的話，就不可能這麼做了，她得先說明拒絕求婚的理由，讓他明白才行。

就算現實不會改變，既然她特地從未來過來，見到了羊二，也絕對不想讓氣氛變尷尬。

——但是，沒有時間了。

「你怎麼知道我來自未來？」

——咖啡很快就會冷掉，沒時間廢話了。

她喉嚨上下動了一下，呼吸急促，心跳加快。

——不管說什麼現實都無法改變，不會被影響。

即便如此，還是很令人驚惶，而且這是她自己現下的處境，對羊二來說可能會造成困擾。

然而，聽到日香里如此唐突的問題，羊二依舊非常平靜。不對，不是平靜，他反而很開心。

「我一直在等妳啊！」

他溫柔地笑著回答。

「什麼？」

「我一直在等妳從未來回來啊！」

——羊二的話是什麼意思？

「你一直在等我？」

「嗯。」

「哎，這是怎麼回事？」

「我不是說了，會一直等妳嗎？」

日香里越聽越胡塗，疑惑地把頭傾向一邊，實在不明白羊二說的是什麼時候的事情。

「我在這裡說的啊！不過對我來說，應該是剛剛說過的。」

——剛剛？

「我求婚以後，妳說妳想再努力工作一下，希望我等妳不是嗎？忘記了嗎？」

——工作？

日香里一頭霧水視線游移著，天花板上木製的吊扇緩緩轉動，從地板一直到天花板的三座大落地鐘咔喳哐噹地走動。

「啊！」

倏忽她靈光一閃。

——的確，當時羊二說會等……但那不是……

「咦？等一下！你說會等我是這個意思？」

——不是指等我工作上有了圓滿的結果之後？

「是指在這裡，在這家咖啡店，等我從未來過來的意思嗎？」

「是的。」

羊二開心地立刻回答

日香里張著嘴，一時無話可說。

「妳可能不相信，但確實是真的。帶妳到這裡來，也是想著如果求婚不順利的話，就可以在這裡等妳回來。」

「我不相信。」

「那我問妳，在妳的未來，我已經死了吧？」

羊二面色如常，坦然地說出這可怕的事實，簡直像是在問自己無法參加的飲酒聚會好不好玩一樣的輕鬆態度。

「你說什麼？」

日香里的聲音禁不住啞了，眼眶發熱，怒氣上湧。

「我死了吧？」這種問題，要她「嗯」地回答，她沒這麼堅強。分明知道她說不出口，還要這麼問，這讓她非常不悅。

日香里的牙關顫抖地發出咔嗒咔嗒的聲音。

「對不起、對不起。」

羊二帶著歉意微笑道。

日香里實在不明白他怎麼還笑得出來？

——羊二知道自己要死了，所以才帶我到這裡來？

「然後呢？我說了什麼？」

「什麼說了什麼？」

「跟妳分手的時候。」

「連這你都先想好了？」

「嗯，因為我打算如果身體越來越不好的話，就要跟妳分手。」

對日香里而言是過去，對羊二來說卻是未來。他使用「打算」這個時態，令人十分難過。

她本以為不可能，但如果是真的話……

——我完全只想到自己。

她閉上眼睛，譴責過去的自己。

「然後呢？」

羊二非常感興趣地望著日香里的臉。

「你說你喜歡上別人了。」

「啊——，果然是這樣！」

羊二以響徹店內的音量說道，他把身體往後仰到椅子的前腳都翹起來的程度。

日香里苦澀地冷眼瞪著羊二。

「我想了很多。」

「想什麼？」

「分手的理由啊！比方說，這個搞不見了，大吵一架之類的。」

羊二一邊說著，一邊捲起外套左手袖口，露出皮革錶帶的手錶。

那是羊二生日時她送的禮物。她不知道怎麼樣的手錶才合適，猶豫了許久，記得自己花了一個星期，下班之後到不同的店家去逛。

不過，就算他對日香里說：「手錶不見了。」日香里也頂多是反問他：「在哪裡不見的？」要大吵一架倒不至於。

「還有就是，我投資失敗欠了一大筆錢，或者要妳幫我買昂貴的東西之類的？」

羊二自己說著說著都覺得可笑，咯咯咯地一個人笑起來。

「我也想過就不聯絡了，自然消失這樣。」

羊二繼續說道，帶著寂寞的笑容望向日香里。

日香里覺得這個分手方式，一定是目前最有力的候補。

「但是，我說喜歡上別人了啊！嗯，原來如此。」

羊二點了點頭，接受了這個說法，很可能是因為沒有選擇自然消失這個方法而鬆了一口氣。

「我說了會等妳，卻又說喜歡上別人了，那妳是怎麼想的？」

羊二興致勃勃地接著問道。

「我太吃驚了，話都說不出來。」

日香里老實地說。

「我想也是。」

羊二又咯咯地笑起來，他心裡一定也明白日香里是知道自己的死訊，所以才回來的。

日香里不滿地皺起眉頭。

「你為什麼不跟我說？」

「生病的事？」

「你早跟我說不就好了！」

「我要是說了，妳就不會拒絕我了吧？」

一瞬間，日香里以為自己的呼吸要停止了。

確實，要是那個時候她知道羊二生病的話，就不會拒絕求婚了。

雖然覺得結婚還早，沒什麼自信能跟羊二過一輩子，自己也只是用工作當藉口逃避。不過，要是知道他生病了，大概就會同意求婚了。

同情？可能是吧！

她沒辦法判斷自己的選擇，但是要是知道了還拒絕，那羊二去世之後，她一定會永遠後悔，心情沈重不已，甚至一直質問自己：為什麼當初不跟他結婚呢？

從某種意義上來說，這等於是詛咒，而羊二深知日香里的個性，知道她自己應該沒辦法解開這種詛咒。

「所以我決定等妳。」

——羊二在等我做出判斷之後回到這裡來。

說喜歡上別人，跟自己分手的男人，日香里是不會回頭的。可是她心中有放不下的疑惑，所以才選擇回來。

因為她後悔沒有好好說出自己的感情，也想聽聽事情的真相。

「沒有其他辦法了嗎？」

「嗯，該怎麼說呢……要是不知道這家咖啡店的話，或許沒辦法隱瞞生病的事情；也可能不顧妳的心情，硬要妳跟我結婚。但這樣做的話，我死前一定會後悔的。越是接近死亡，似乎越難相信妳的感情，要是看見妳陰沉的表情，可能就會開始胡思亂想，甚至會說出：『反正妳一定是同情我要死了，所以才跟我結婚。』，這種違背自己心意的話。這真的很討厭，而我不想要變成那樣。我希望能讓妳幸福，我希望妳過得幸福。但是，即使是這樣，我也知道自己心境並不平靜，我害怕沒有辦法正視死亡。因此我決定賭一把可能性，賭妳會自己回來找我。」

「啊……」

「啊，對不起。」

羊二突然用雙手掩住眼睛，桌子上有了一點濕意。

「我沒打算說這些話的，真是沒用啊我……」

羊二穩住了情緒後抬起頭，用力吸吸鼻子。

——這家咖啡店的規矩，太殘酷了。

日香里難過地思忖著。

不管如何努力，現實都不會有任何改變。

這規矩大家都十分明瞭，因此羊二哭了。因為日香里從未來過來，這就表示羊二知道自己一定會死。

——就算這樣，我還是認為能回到過去很好。

要是日香里不回到過去，這一輩子都沒有辦法知道羊二真正的想法，甚至不知道他的痛苦。

分明說了會一直等待，卻在半年後喜歡上別人，甩掉自己的男人。日香里會告訴自己，努力忘掉他吧！

現實不會改變，也無法改變。

即使沒辦法改變羊二會死的事，能回到過去還是太好了。

「分手之後，我若喜歡上別人那你要怎麼辦呢？」

其實日香里並不想說這些話的，明明有必須告訴他的事情，問這種話，羊二會怎麼回答，日香里其實早就知道的。

「那個時候，當然希望妳跟那個人幸福快樂。說了會等妳，卻又喜歡上別人的那種男人，就不用掛念了吧！」

羊二哭著笑道……還是他笑著哭道，已無法分辨了。

——看吧！就知道他會這麼說。

「你太任性了。」

——我怎麼就不能坦誠一點呢？他明明這麼為我著想，我卻還在埋怨他。

「對不起。」

——我不是要他道歉啊！該道歉的是我才對。但是……

「即便如此，我還是希望你能告訴我。搞不好我會因為同情而跟你結婚，但我想要跟阿羊一起經歷痛苦。阿羊可能會死，可能我會每天都睡不著，可能會看到阿羊很多討人厭的部分……但我還是想跟阿羊在一起！我想接納阿羊真正的心意啊！」

「對不起。」

「我該怎麼辦才好？到底怎麼辦才好啊！」

日香里雙手掩面痛哭了起來。

羊二望著她，伸手摸了摸咖啡杯的側面，表情突然嚴肅起來，咬住嘴唇，下定決心從上衣口袋裡，拿出一個小小的戒指盒子。

「這個，」

他把盒子放在咖啡杯旁邊。

日香里從手指縫隙間，看見桌上的戒指盒，眼淚流得更厲害了。

「我希望妳能收下。」

「但現實不會改變啊！」

「我知道。」

「就算我說：『好。』我們也沒辦法結婚啊！」

「嗯，沒關係的。」

「太過分了，你這樣我怎麼能拒絕。」

「嗯，對不起！不管怎樣都會讓妳難過。真的對不起！這是我的任性，我知道。但我還是……」

「你太過分了。」

「請跟我，」

「太任性了！」

「結婚吧！」

她從沒有見過羊二的眼神如此的墨亮，想說「好」，卻又說不出口。

即便說了「好」，日香里仍舊必須回到現實，而羊二也必須跟對過去一無所知的日香里一起活下去。

——這太殘酷了。

「我不要！」

日香里淚流滿面地抬頭望著天花板，淚水從手掌下方溢出。

「阿羊要死了，我不要啊！」

乍聽羊二的死訊時，日香里的心中一片迷濛，在葬禮上大家都在哭，只有她哭不出來。

果然還是因為明明說了要等自己，最後喜歡上了別人，這件事讓她更震驚不已。

她相信了羊二說的話，卻莫名被甩了，還擅自就這樣死了？她決定自己才不會哭呢！

然而，她知道自己內心深處的心意。

——不想他離開自己。

「想好好結婚……」

日香里哇哇大哭得跟小孩一樣。

「這就是妳的回答吧？果然很像妳。」

羊二眼眶含淚，咯咯咯地笑起來。

——我一直逞強，一點不坦誠，這些我自己知道。

羊二從盒子裡拿出戒指，握住日香里的左手。

「從現在開始半年，我沒辦法跟妳提及今天的事情。就算我想跟妳講這家咖啡店的規矩，妳可能也聽不進去，或者不會相信。但是我已經知道妳的心意了，所以感到很幸福。見到了妳，向妳求婚，想與妳共結連理，我都不後悔，我會笑著活下去的。」

羊二說著，把戒指慢慢套在日香里左手的無名指上。

嗶嗶嗶嗶——嗶嗶嗶嗶——

「啊！」

放在咖啡杯裡的攪拌棒在冷卻之前響了。

「時間到了呢！」

「阿羊。」

「快，喝光吧！」

日香里將戴著戒指的手緊緊貼在胸口，遲遲不伸手拿咖啡。

「快點！」

「不要！」

——我就是個逞強煩人的女人，在這裡也想讓他煩惱。要是不喝的話，他會非常痛苦，但我還是不想喝。

「真是麻煩啊！」

羊二刻意重重嘆了一口氣，不知怎地臉上卻帶著笑容，可能是料想到會有這種結果吧！

「妳要是不回到未來，那我從現在開始，就得面對兩個日香里了，不是嗎？要是這樣的話，現在的日香里一定會嫉妒戴著戒指的妳，妳也會很得意吧？別這樣子，這麼貴的戒指，我實在買不起第二個啦！把戒指給了未來的妳，這件事我會保密喔！妳快回去吧！拜託了。」

羊二促狹地說著，對日香里雙手合十。

羊二既然能知道日香里是從未來回來的，就不可能不知道她若不將咖啡喝完會有什麼樣的後果。但是，要是強硬地要她回去，日香里一定會鬧起彆扭的。

不過，若是看見羊二明明知道自己快死了，還為了日香里強顏歡笑，那她一定會乖乖回去，因為她這樣才會覺得後悔。

嗶嗶嗶嗶——嗶嗶嗶嗶——

嗶嗶嗶嗶——嗶嗶嗶嗶——

第二次警告，比剛才聲音還要大，時間就快到了。

「啊——啊——」

她大叫試圖改變心情，卻始終無法痛下決心。

「啊啊——啊！」

她望著天花板，叫得比剛才更大聲。

日香里穩定情緒後，用手背拭去眼淚。

「既然你這麼說，那就沒辦法了。」

她拿起咖啡杯，發現明顯比回到過去之前涼很多了。

——再過一下子就完全冷掉了吧！看來沒時間了。

「對這裡的我，一直到最後要分手前，都要非常溫柔喔！」

「我知道。」

——啊！還有……

日香里說出來的話，讓自己回想起，羊二提出分手十分地突然，那可能正是因為現下自己說了這句話。

——原來如此。

羊二毫無預兆、沒有理由的背叛，是有原因的，而這個原因正是自己造成的也未可知。

那個時候，自己任意地想像著羊二會做出移情別戀這舉動的原因，還任意地生他的氣。

日香里看似想通般地破涕為笑。

「再見了。」

她臉上淌淚說完，一口氣將咖啡喝光，強烈的酸味留在喉間。

當日香里把杯子放回碟子上時，全身開始搖晃，她感覺自己往上飄了起來，周圍的景色開始從上到下流動。

「啊！」

不知不覺間，她已經飄到了兩公尺上方，在天花板往下看著羊二。她雖然能感覺到自己的手，卻已經變成了熱氣。

「阿羊！」

「日香里。」

羊二的聲音在此刻依舊非常地溫柔。

「阿羊，謝謝你！謝謝你認識我！謝謝你喜歡我！謝謝你願意等我！結果我什麼也沒能為你做，但能來見你真的太好了！」

「嗯。」

「謝謝你向我求婚！非常，非常謝謝你！」

「雖然只有在咖啡冷掉之前這短短的時間，我也……」

羊二的聲音像是訊號不良般斷斷續續。

「哎？」

「能跟妳，成為夫妻，真的很幸福。」

隨著這句話，羊二的聲音、形體，都在時間的洪流中消失了。

「阿羊！」

日香里的聲音已經無法傳達了。

即使無法傳達，日香里依然一直叫著羊二的名字。

☕

當她回過神來，便看見白衣女子就站在面前，而自己變成熱氣的手也已恢復正常。

「這是，我的位子，滾！」

穿著白色洋裝的女人低聲怒斥道。

「啊！對不起。」

日香里急忙起身讓位。

她站起來的時候手不小心碰到了桌子，發出哐噹的聲音，定神一看，發現自己左手無名指上，戴著羊二給的戒指。

「啊！」

這不是夢啊！毋庸置疑。

要是無名指上沒有戒指的話，她可能會以為這是一場夢。老實說，到現在她還是難以置信。

——但是，戒指還在。

這是羊二求婚的證據，他說喜歡上別人是假的，只是遵守了一直分手前，都要對日香里非常溫柔的約定而已。

無名指上的戒指穿越了時空，將日香里和羊二聯繫在一起。

「您還好嗎？」

數收拾了日香里用過的杯子問道。

雖然問了，數卻沒等回答就走進了廚房。

店裡只有三座大落地鐘咔喳哐噹地走動的聲音。白衣女子坐在能回到過去的位子上，再度翻開書開始閱讀。流依然雙手抱胸，像羅漢似地站在櫃臺後面。

——我回來了。

日香里閉上雙眼，回想著剛才還跟她在一起的羊二的樣貌。

——羊二一直到最後都帶著笑容。

日香里逼回再次泉湧的淚意，緊咬著下唇忍耐著。

——我也要笑著活下去。

日香里拿起掛在椅背上的外套，走到收銀台前。

「多謝惠顧。」

數淡然地對她說道。

「我才要謝謝你們。」

她低下頭道謝。

——能來到這裡，真是太好了。

日香里心存感激地再度環視店內。

第一次來這家咖啡店的時候，覺得陰暗詭異，再也不想再來第二次，現在卻覺得店裡彷彿閃閃發光。

「啊，對了！你們知道羊二那天帶我來這裡時，是怎麼說的嗎？」

日香里突然看著流和數問道。

「嗯？」

流睜開一邊細長的眼睛，回應了一聲；數則默默地把頭微傾向一邊。

日香里突然覺得自己的問題有些可笑，這個問題既突兀，跟這兩個人也沒有任何關係。

只不過，日香里還是想告訴他們羊二怎麼說的……

「有一家咖啡店能給妳幸福，要一起去嗎？」

「……這樣啊！」

那天聽到這句話時，只覺得有不好的預感。但是，現在不一樣了，羊二必定已經想著現在的我會是什麼樣子。

而我也正如他所言，得到了幸福。

「這樣啊！」

數輕笑回應道，轉身走回廚房。

「妳男朋友人真好。」

「不對。」

日香里否認了流說的話，然後對瞇著眼睛的流伸出左手，無名指上銀色的戒指閃閃發光。

「是我先生。」

日香里驕傲地大聲宣示。

「不好意思，失禮了。」

流彎起細長的眼睛，低頭說道。

喀啦哐噹——

日香里走出咖啡店，沙沙地踩在雪地上，朝著車站走去。

耶誕節……她回想起和羊二一起步行的那個晚上。

沙沙。沙沙。

第四話　【父女】　趕走爸爸的女兒

雉本路子十分不痛快。

她想盡辦法為了逃離父母的管束，從宮城縣名取市的閑上，特地跑到東京來上大學。

現在面色不善的父親正坐在眼前，他名叫雉本賢吾。

這裡是離大學兩站距離的一家咖啡店，名字叫做〈纜車之行〉。她很久以前來過一次，位於地下二樓，沒有窗戶的陰暗室內空間，讓路子感到異常地鬱悶。

——明明不想再來了，本來是這麼打算的……

不，正因為決定再也不來了，所以才選擇這裡跟賢吾見面。要是去常去的咖啡店，可能會碰到熟人，她不想讓朋友們見到從鄉下來的父親。

「有好好吃飯嗎？」

粗啞低沈的聲音在耳邊響起，而這個聲音不知數落過她多少次。即便如此，母親還活著的時候，她並不介意。

路子的母親臉蛋圓圓的，笑起來很爽朗，很會誇讚別人。在家人生日時，會做蛋糕慶祝；七五三*節照了無數的照片，貼在房間的牆上。路子很喜歡的章魚燒，常常買得多到吃不完，說：「已經吃不下了、不要了。」她還是笑著說：「再來一個、再來一個！」

路子喜歡這樣的母親。

——但是媽媽已經不在了。

當剩下她跟賢吾兩個人生活之後，生日蛋糕、紀念照片、考試成績好時的章魚燒等，這些全部都沒有了，徒增的只有數落。

「快做功課！」

「早點睡覺！」

「不要玩到三更半夜！」

* 七五三，是日本特有節日。依神道習俗，每年的十一月十五日，三歲、五歲、七歲的孩童，需前往神社參拜，感謝神祇保佑之恩，並祈祝健康成長。

「交朋友要選人！」

「不要穿那種衣服！」

那樣不行，這樣不可以……

之所以離開老家去東京上大學，就是想逃離這種窒息般的束縛。

現下，討人厭的父親就坐在眼前。

「大學有好好去上課嗎？」

路子聽了大聲嘆息，別過臉去不想理會。

「路子。」

「怎樣？因為付了很多學費，所以我得好好去上課？」

「誰說這種話了？」

「這不等於是說了嗎？突然跑到東京來，還到大學系所那裡去找我，不要這樣好嗎？」

「那是因為妳……」

——那是因為妳一次也沒跟我聯絡啊？

路子瞪著賢吾，很明白父親想說什麼。

賢吾張開嘴本想解釋，隨即又無奈闔上。

「抱歉。」

他垂下視線歉聲道。

「這樣可以了吧？」

見面才十五分鐘，路子已經巴不得快點離開這個煩人的地方，伸手拿起賢吾給的土產，起身便想走人。

「路子。」

賢吾叫住打算走向店門口的她。

「什麼？還有事嗎？」

——我覺得這種對話根本是浪費時間。

這次輪到路子嚥下幾乎脫口而出的話，她蹙著眉頭，一看就知道心裡在想什麼。

賢吾低下頭，盡量不去看路子厭惡的表情。

「要是有碰到什麼困難的話，要說出來喔！什麼事都可以，千萬不要自己一個人煩惱……」

砰！

店裡突然響起巨大的聲響。

賢吾驚嚇得瞠大眼，原本被拿走的土產，此時已經散落在他腳邊。

原來路子將整個土產袋子扔在地上。

「我最討厭這樣了，你不知道嗎？我馬上就二十歲了，知道嗎？我不是小孩了！不要什麼都要管我！你以為我為什麼跑到東京來唸大學？就是因為討厭你這樣！」

店裡的客人只有路子跟賢吾，以及裡面座位上穿著白色洋裝的女子。

路子無所顧忌地大聲叫嚷，因為她知道說這種話會讓賢吾難過。

——就是要他難過。

她忿忿地在心中暗忖。

「你為什麼就是不明白？」

她一點也不同情多年來不斷管東管西的父親，現下只希望他早點從眼前消失。

「抱歉。」

賢吾微弱地囁嚅道。

「回去吧！」

看著垂頭喪氣的賢吾，她只覺得一肚子火。

「快點走吧！」

賢吾慢慢地彎腰撿起散落在腳邊的土產，拂去紙袋上並不存在的灰塵，把東西裝回袋子裡。

荻之月、笹魚板、毛豆麻糬，還有一包章魚燒，每一種都是路子喜歡吃的。賢吾重新將紙袋遞了過去，她卻沒有要伸手接過的意思。

賢吾悲歎地望著已經扭過頭不肯看向他的路子，掩不住落寞地轉身走出了咖啡店。

喀啦哐噹——

「……這是六年前發生的事。」

路子臉色難以捉摸地陳述完。

「六年前啊……」

喃喃應答的是這家咖啡店的老闆，時田流。

「真是個惡劣的女兒啊！」

坐在櫃臺位子上的高竹奈奈不快地插嘴道。

高竹在附近的綜合醫院當護理師，是這裡的常客。

「高竹小姐。」

流無言地告誡她：太沒禮貌了！

「什麼？」

高竹絲毫不在意嘶嘶嘶地喝著咖啡。

路子聽到高竹的話，似乎有點不好意思。

「我聽說，來這裡可以回到過去……」

她帶著歉意將話題帶入正題。

「這個……」

流一時之間不知該怎麼回答，跟高竹面面相覷。

——難道是假的？

兩人的反應讓路子感到不安，其實她自己也並非真的相信。

——但是，要是真的呢？要是能回去的話……

路子還是抱著一絲希望來到這裡。

無論如何都想回去，她有非回去不可的理由。

「能夠回去吧？」

路子不由得提高了聲音。

只見流滿面為難地抓了抓太陽穴。

「到底怎麼樣？」

路子急切地追問。

流還是沒有回應，路子不悅地瞪著流。

「回去想做什麼呢？」

高竹倏忽插進來問道。

這個問題並沒有什麼意義，高竹覺得路子的答案很明顯。

「我想幫助我父親。」

「幫他？」

「是的。六年前，我在這家咖啡店把父親趕走之後的第三天，父親因為震災……」

她說不下去了，雖然已經過了六年，她的悔恨卻未嘗稍減。

「要是那一天，我沒有把父親趕回去的話……」

二零一一年三月十一日，發生了日本觀測史上最大的地震——東日本大震災。

震災造成的損害，雖然已經過了六年，仍舊留在所有人的記憶中。

流也說不出話來，高竹默默地垂首，只有時田數凝視著路子。

數是這家咖啡店的女服務生，負責泡能回到過去的咖啡。她皮膚白皙，一雙鳳眼，面容清秀，整個人卻沒有什麼特徵。

一言以蔽之，就是沒有存在感。

路子在和數視線相交之前，甚至沒發覺她在場。

「拜託了！請讓我回到那一天，回到我對父親說一堆過分的話、將他趕走的那一天！」

路子轉頭對著數，深深地鞠躬請求道。

——想救父親。

這種心情，流跟高竹都非常能體會，也正因為明白，兩人都不知該如何對路子說明。

眼前焦急心切的路子，並不清楚回到過去的重要規矩。

「那個，請仔細聽清楚。」

數走到路子面前平靜地開口。

「是。」

「可以回到過去，但是雖然能回去……」

「……但是？」

「回到過去，不管如何努力，都無法拯救令尊。」

「哎？」

「比方說，就算能讓令尊順利留在東京，但他會去世的事實，還是不會有任何改變。」

「這，這是怎麼回事？」

「就算您問為什麼，我也只能說，規矩就是這樣。」

數漠然的口吻，讓路子很不愉快。

——要是真的沒辦法救爸爸，也不用說得這麼絕情吧？分明不知道我來問能不能回到過去，是抱著怎樣的心情！連眼前陌生的老闆和客人，都同情我失去父親而露出遺憾的表情。

「騙人的吧？」

最讓她難以接受的，就是那對不容置疑的冷然眸子。

「那麼，回到過去不就沒有意義了啊？」

她知道這是遷怒，卻沒辦法阻止自己，她無法不這麼說。

「是的，沒錯。」

數望著頹然倒坐在椅子上的路子，轉身走進了廚房。

「很遺憾，我明白您的心情，但是……」

流跟高竹對著無精打采的路子鼓勵打氣。

然而，路子已經聽不進去他們的任何話語，她的心像是戳了洞的氣球一樣萎縮了。

這就好像她為了跑完全程馬拉松，下定決心做了萬全的準備，在抵達終點之前，卻被告知「這場比賽已經中止，根本沒有終點」一樣，單方面殘酷地結束了。

☕

路子有個未婚夫，名字叫做森佑介，是公司同期的同事，兩人已經認識三年了。

當佑介將這家咖啡店能回到過去的消息告訴路子時，她一開始完全難以置信。倒不如說，佑介跟她說了「能回到過去」這種無稽之談，讓她感到既憤怒又痛心。

「別開玩笑了！」

路子不悅地拒斥道。

不過，佑介並沒有放棄，甚至還提到他聽過一個叫做清川二美子的女性，真的回到了過去。

清川二美子在佑介負責業務往來的公司當系統工程師，雖然才二十幾歲，卻已經能負責大型企劃，她的本領身為同業的路子也聽說過。

「我不覺得清川小姐是在說謊。當然我沒有提起小路妳的事情，但清川小姐也沒有任何理由說這種謊來欺騙我。她說有很多麻煩的規矩，只是如果真的能回到過去的話，妳要不要試試看呢？」

「但是……」

「回到過去，重新來過不就好了嘛？這次不要趕爸爸回去，讓他留在東京就好啊！那樣的話……」

——重新來過？回到那一天？

這句話讓路子心動了。

路子將爸爸趕走後，一直活在悔恨當中，已經成為只要想起來就會氣短心悸的傷痛。

她決心走進這家咖啡店，不知鼓起了多大的勇氣。

然而，卻……

「不要這麼消沈啦！這也是沒辦法的啊！畢竟是規矩。」

高竹在路子對面坐下安慰道。

路子仍然趴在桌上，一動也不動。

「就是沒辦法嘛！」

高竹聳聳肩對著流搖了搖頭。

喀啦哐噹——

「歡迎光臨。」

走進來的是一位穿著休閒西服的青年。

「您一位嗎？」

流抬頭招呼道。

青年點頭致意，慢步走向趴在桌子上的路子面前。

「小路。」

青年開口輕聲叫喚。

「啊！」

路子驚嚇地叫了一聲，抬起頭來。

「佑介……」

這位青年就是要路子試著回到過去的森佑介。

「我在外面等了好久，妳都沒出來。」

「對，對不起。」

「沒事的。」

——有人來接她，太好了。

流發現佑介是路子的朋友，對著高竹用手撫了撫胸口。

——還不能安心呢！繼續觀察兩人的互動。

高竹不以為然微微地抬了抬下巴。

「所以，現在怎麼樣？妳見到令尊了嗎？」

佑介詢問的瞬間，路子猛然站了起來。

流、高竹跟佑介都被路子突如其來的動作嚇了一跳，瞠圓了雙眼。

「對不起！」

「哎？」

「我還是……還是沒辦法跟你結婚。」

路子拋下這句話，慌亂地從包包裡拿出錢包，抽出一張千圓鈔票放在桌上，迅速衝出了咖啡店。

「小路！」

喀啦哐噹——

「欸，請你等一下。」

佑介本想追出去，卻被高竹的聲音阻止。

「咦？」

佑介突然被不認識的女人喚住，露出困惑的表情。

「啊，哎？」

「高竹小姐？」

訝異的不只是佑介，流也皺起眉頭。

「對，對不起。」

流彎下高大的身軀向佑介道歉。

然而，佑介要是真的想追上去的話，大可不理會高竹，他現下卻選擇沒有追出去。

「她並沒有回到過去。」

「咦？」

「因為就算回去，也救不了她的父親……」

高竹解釋了路子的狀況。

「原來如此……」

佑介嘆息著喃喃道。

「她無法回去拯救父親，跟你們不能結婚有關係嗎？」

高竹用冷靜的聲音冒昧問道。

佑介的目光落在路子留在桌面的手帕上。

「她說，不能只有自己得到幸福……」

佑介輕聲說著，伸手拿起桌上的手帕。

「這是怎麼回事？」

佑介深深吸了一口氣後，慢慢開始敘述。

「這六年來，她一直十分後悔在這裡將父親趕走。我聽說的是，閉上被海嘯侵襲，就在地震開始後的一個小時。她的父親本來要跟漁港的人一起避難，卻突然說要回家拿存摺……」

「存摺？」

「漁港的人都說不用急著回去，急力阻止他，但是他卻說：『那是我為了女兒出嫁存的錢』。」

佑介說不下去了，那天電視轉播的悲慘畫面浮現在腦中。

高竹跟流也不由得垂下了視線。

「無論如何都沒有辦法，是吧？」

他有些迷茫地低喃道。

「是的，真的沒辦法……」

內心的創傷，必須當事人自己才能解決。

佑介沒有去追路子，也是因為知道她的心理創傷，並不是自己能干預的，一切關鍵還是在路子自身上。

佑介沒有再多說，靜靜地行禮之後便離開了店裡。

當天晚上。

雖然營業時間已經過去，仍舊有一位男士坐在兩個人的桌位上，完全沒有要離開的意思，只專心地看著眼前的小冊子。要是不管他，可能就這樣留下來不走了。

時田數默默地在櫃臺後面收拾，店裡只有落地鐘走動的聲音。

喀啦哐噹——

牛鈴響了起來，但數卻沒有說「歡迎光臨」，簡直像是知道進來的是什麼人一樣，只抬頭望向入口處。

「阿數，謝謝妳打電話來。」

走進來的是穿著護理服的高竹，數遞給她一杯水。

「謝謝。」

高竹一口氣把水喝完。

「啊，對了。」

高竹將杯子還回去，驀然轉身走向咖啡店的玄關入口處，一會兒玄關口傳來說話聲。

「不進來嗎？」

「啊，但是……」

「沒關係、沒關係。」

高竹硬是把人推了進來。

那是白天為了想救父親，而來到這家咖啡店的路子，她略顯侷促不安地低下頭。

「在台階上碰到的……」

——所以就帶她進來了。

高竹用眼神對數說著下文。

「您好。」

數望向路子平靜地招呼道，她還是沒有說「歡迎光臨」，因為營業時間已經過了。

「您，您好。」

路子不好意思地回應。

這時，高竹走過路子身側，來到看小冊子的男人旁邊。

「房木先生。」

高竹輕聲叫喚著。

被叫做房木的男人漠然地抬頭瞥了高竹一眼，什麼都沒有說，視線再度回到小冊子上。

「房木先生，今天坐到位子了嗎？」

名叫房木的男人聽見高竹的詢問，又重新把頭抬了起來，直直地望向坐在最裡面位置的白洋裝女子。

「沒成功。」

「這樣啊！」

「對。」

「這裡的營業時間已經過了，要不我們先回去吧？」

「啊！」

房木望向店裡的大落地鐘，時針指向晚上八點三十分。

「不好意思。」

房木急忙收拾好小冊子，走向站在收銀台後方的數，高竹一直溫柔地望著他的身影。

「多少錢？」

「三百八十日圓。」

「那就這樣。」

「剛剛好，謝謝您。」

「多謝招待。」

說完，房木快速地推門離開。

喀啦哐噹——

高竹對數頷首致謝。

「謝謝妳聯絡。」

她笑著跟上房木，也離開了咖啡店。

喀啦哐噹——

安靜的店裡只剩下數和路子，以及穿著白色洋裝的女士。

路子不知道該從何說起，只呆掙地站著。

「真的可以嗎？」

數突然開口問路子。

——就算回到過去，也沒有辦法拯救令尊，這樣也可以嗎？

什麼也不用多說，數明白路子來這裡的理由。

路子倒抽了一口氣，她也不明白自己為什麼要回到這裡來。她知道就算回到過去，也無法挽救父親。

但是，或許她心裡依然抱著，萬一有可能的些許期待也未可知。

——萬一，或許能夠……

只是這樣而已。

要是現在有人問，為什麼想回到過去呢？沒有明確理由的路子，或許就會斷了回到過去的念頭也說不定。

然而，人家只是確認：「真的可以嗎？」

「媽媽去世以後……」

路子依舊低著頭，彷彿在自言自語。

「爸爸一個大男人自己把我扶養長大，我說想去東京上大學，他日夜操勞，只為了替我支付學費。我卻完全不體諒他的辛苦，在大學裡沒有好好地用功讀書，光顧著玩樂……當時我只是想逃離老家，自由自在而已。那天爸爸來找我之前，我一直不理會他的聯絡，也從來沒回過老家。」

數一言不發，也不應對，只是靜靜地聽著路子陳述著過往。

「我對爸爸說了那麼過分的話，還將他趕走，沒想到後來會發生那件事……我至少想跟他道個歉……我想跟爸爸道歉！」

話一說出口，路子才猛然驚覺自己的真心，以及自己到底為什麼來這裡的原因。

「拜託了！請讓我回到過去，回到我把爸爸趕走的那一天。」

路子對著數深深低下頭，請求道。

啪嗒！

室內一角傳來微弱的聲響。

路子朝發出聲響的方向望去，發現那是白衣女子把手中看的書闔上的聲音。

路子這時候才第一次看見這位女士的面孔，她皮膚白皙，空洞的眼神茫然沒有焦點，但她的神情不知怎地跟眼前的女服務生有點相似。最不可思議的是，雖然這裡是地下室，但外頭是必須穿外套的季節，這位女士卻穿著短袖衣物。

女人完全不在乎路子的視線，慢慢地起身，悄然走進洗手間，連腳步聲都沒有。

路子怔怔地望著消失在洗手間的女人。

「我知道了。」

數的聲音在她背後倏忽響起。

這是對路子要求要回到過去的回答。

數讓路子坐在白衣女子的位子上，開始說明回到過去的規矩。

「就算回到過去，無論如何努力，現實也不會改變。」

除了白天聽到的這個之外，還有其他囉嗦規矩。

「無法見到不曾來過這家咖啡店的人。」

「能回到過去的座位只有一個。」

「不能離開座位行動。」

「有時間限制。」

——這規矩也太多了吧？

數不理會路子的困惑，從廚房端出一個放著銀咖啡壺和純白咖啡杯的托盤。

「現在我要為您倒咖啡。」

數淡然地說著，將杯子放到路子面前。

「咖啡？」

——回到過去跟咖啡有什麼關係啊？

路子疑惑地將頭傾向一邊無聲詢問。

「回到過去的時間，只從我將咖啡倒進杯子後開始，到這杯咖啡冷掉時為止。」

「哎？這麼短？這就是之前說的時間限制嗎？」

「正是這樣。」

路子對這個規矩非常不滿，因為實在太過模糊不清，而且也太短暫了。但是不管自己說什麼，一定也是個不能改變的規矩。

她想起數在白天時，澹然陳述她無法拯救爸爸時的堅決態度。

「我知道了。還有其他的嗎？」

「去見已經去世的人，就算知道有時間限制，還是有可能會情不自禁地沒辦法離開。所以，用這個……」

數說著，從托盤上拿起把一根像是小攪拌棒的東西讓路子看。

「這是什麼？」

「把這個放進杯子裡，在咖啡冷卻之前警鈴會響，到時請盡快將咖啡喝完。」

說完，數將攪拌棒一樣的東西放進了咖啡杯裡，接著流暢地拿起了銀咖啡壺。

「響了之後喝完就可以了，是吧？」

「是的。」

——要去見已經去世的爸爸了。

路子深深地吸了一口氣，光是這麼想就覺得胸口發緊，呼吸急促。

——自己能保持冷靜嗎？無論如何都無法改變現實，要是慌亂之下說出爸爸會死於地震的話，該怎麼辦？這樣，爸爸在死前會抱著怎樣的心情呢？

她腦子裡不停地胡思亂想。

「可以了嗎？」

數的聲音打斷了路子的迷惘。

——是啊！剛才才問過「真的可以嗎？」那個時候，我就已經決定要去跟爸爸道歉了。

路子閉上眼睛，再度深呼吸。

「那就拜託您了。」

她下定決心回應道，緊盯著咖啡杯的眼神非常堅決。

數依然保持一貫的淡定，舉起咖啡壺。

——真的要回到過去了。

路子感覺到店裡的氣氛頓時緊繃了起來。

「在咖啡冷掉之前。」

安靜的店裡響起數通透的聲音。

咖啡從咖啡壺裡注入杯子，倒滿的咖啡杯中升起一股熱氣，天花板猛然開始搖晃了起來。

——我頭暈嗎？

路子望著上升的熱氣，不知不覺間自己變成了熱氣，已經浮到半空中，眼前的景色從上到下流逝變換。

——這到底……發生了……什麼事？

路子混亂的腦中，意識慢慢消失。

——爸爸……

日本東北地方太平洋近海地震，發生於二零一一年三月十一日星期五，下午兩點四十六分。震源在三陸沖（牡鹿半島東南東一百三十公里，深二十四公里），是日本觀測史上最大的地震。

地震規模九點零，地震造成的災害，被稱之為「東日本大震災」。名取市因地震關連事件不幸喪生的市民，超過九百六十人，一萬一千多人疏散避難。這次地震的特徵是，跟巨大的地震規模相比，之後的海嘯造成的災害更為嚴重。

海嘯侵襲名取市閖上的時候，距離地震發生已經過了一個小時，是下午三點五十二分。

這段時間差，讓許多跟賢吾一樣在地震發生後疏散避難的人，以為已經沒事便回到自宅，而成為了海嘯的犧牲者。

賢吾和路子住的地方，是靠近名取市消防局閖上分局附近的住宅區。販賣路子喜歡的「閖上章魚燒」的店家，就在自家附近湊神社的對面。這裡賣的章魚燒跟其他地方不一樣，裡面很紮實，用竹籤串起來，淋上又甜又鹹的醬汁便可享用。看起來就像是比較大的團子，跟普通的章魚燒比起來，更有嚼勁。

路子從小就喜歡吃這種閉上章魚燒，來到東京之後，朋友說好吃而推薦她的關西風味章魚燒，她卻不承認那是章魚燒。

閉上的章魚燒，是討厭父親賢吾的管教而拋棄故鄉的路子，唯一懷念的家鄉口味。

☕

是咔喳咔喳磨豆子的聲音，讓她清醒過來。

在磨豆子的是眼神平靜的少女，高中生？初中生？皮膚白嫩，略帶憂鬱的神情很眼熟。

消失在洗手間的白色洋裝女子……不對，很像剛才倒咖啡的女服務生。與其說很像，應該就是本人沒錯。因為束腦後的馬尾變成了短髮，一時之間沒認出來而已。

——可能真的回到六年前了。

路子難以置信地瞪大了眼環視店內，想找尋已經回到過去的證據。

然而，除了在櫃臺後面磨咖啡豆的少女之外，看不出有什麼不同，彷彿只有這家咖啡店裡的時間靜止了一樣……

喀啦哐噹——

「歡迎光臨。」

數雖然外表年輕，但開口招呼的聲音非常沈穩。

路子的父親賢吾發出沈重的腳步聲，走進了店裡。

路子的心跳不由得漏了一拍，這六年以來，她從來沒有忘記賢吾今天的模樣。

賢吾也看見了路子，一面抓抓腦袋，一面走到桌子前面。

「不好意思啊！」

他說著，微微低下頭。

「什麼？」

「讓妳久等了吧？」

「啊！完全沒有。」

「這樣嗎？」

「嗯。」

路子乍然回想起來，就在那天，路子露出了「你叫我過來還遲到，簡直難以置信」的惡劣態度。

當時賢吾的表情，她也深深地刻劃在腦海里裡——滿面歉意，喃喃地說著：「真的很抱歉。」

——為什麼我只能用那麼糟糕的口氣跟爸爸說話呢？

「我可以，坐這裡嗎？」

賢吾把手放在路子對面的椅背上。

「當然可以。」

賢吾在椅子上坐下，睜大了眼，直盯著路子的面容。

「幹嘛？」

「一陣子不見，妳好像長大了不少啊……」

賢吾訕訕地說道。

相隔六年的時間，賢吾現在看見的是二十五歲的路子，覺得驚訝也是理所當然的。

「是，是嗎？」

路子一面回應，一面凝視著賢吾臉上深深的皺紋，和花白的頭髮。

——爸爸什麼時候這麼老了？

她驚愕地發現，當時自己甚至根本沒正眼瞧過爸爸一眼。

不過，賢吾當然不會知道路子在想什麼？

「歡迎光臨。」

年輕的數端來一杯冷水。

「我要咖啡。」

「好的。」

數接了點單，便轉身走回廚房。

兩人之間頓時陷入一陣沈默。路子不知道要說什麼？該說什麼才好？

看見賢吾的眼睛，路子就眼眶發熱，所以雖然想看，卻還是忍不住移開了視線，這樣又讓氣氛變得更尷尬了。

不過，她不想讓賢吾覺得自己不理會他。

——對不起。

一直說不出口的話，就要脫口而出……

就在這個時候，先開口的竟然是賢吾。

「對不起啊！」

「什麼對不起？」

路子不明所以賢吾為什麼要跟她道歉？想道歉的分明是自己。

「到大學那裡去找妳。」

她想起之前自己激動的樣子，她沒想到爸爸會在乎自己的感受。

「啊，沒關係，是因為我都不跟你聯絡……」

賢吾緊繃的表情彷彿稍微和緩了下來。

自從母親去世之後，不管有什麼事情，路子都會先跟賢吾唱反調，時常大吵大鬧。

賢吾可能以為她這次又要跟自己吵架也說不定。

「啊，這個……」

賢吾想起來把手上的紙袋放在桌子上。

「都是妳喜歡的。」

他說著，從紙袋裡拿出一個小紙盒。

「雖然已經冷掉了……」

她知道小紙盒裡面裝什麼，是自己最喜歡的章魚燒，因為小時候媽媽經常買給她吃。

老家閑上的章魚燒，十分有嚼勁，跟團子很像的章魚燒。只要有這個，路子總會笑逐顏開。

將父親趕走的那天，看著散落一地的土產中有這盒章魚燒，不知怎地就非常火大。她覺得爸爸是想利用她對媽媽的感情來討好她，真是太卑鄙了！她覺得非常厭惡！

——但是，不是這樣的，現在我明白了。

父親是為了讓自己高興，才特地去買閑上章魚燒的。

——然而，我卻……

「謝謝。」

路子的聲音在發抖，她沒辦法正視賢吾的面孔，為了掩飾沈默，她舉起咖啡杯喝了一口。

——溫的。

到這杯咖啡冷掉之前還有多少時間，路子完全無法推測。

——我到底是來做什麼的呢？

我想跟爸爸好好地道歉。這種心情並沒有改變，但是到底該怎麼表達歉意才好呢？

——任性地要去東京上大學，對不起！

——媽媽走了之後，成天跟你吵架，對不起！

——總是不睡覺等我回來，我卻對你態度冷淡，對不起！

——爸爸打來的電話我都不接，對不起！

——常常頂嘴，對不起！

——有我這種女兒，對不起！

越是思考，路子越是抬不起頭來。

——為什麼來東京上大學呢？

——為什麼總是吵架呢？

——為什麼那一天，要說出那麼過分的話，將爸爸趕走呢？

腦袋裡全是悔之不及的話。

路子知道賢吾一直看著自己。

——難得見到一面，卻還是什麼都不說，真是不討人喜歡的女兒啊！爸爸一定這麼覺得吧！

她不禁顫抖地思忖著。

——還是回去吧！只要把這杯咖啡喝完就結束了。

路子發顫的手握緊著咖啡杯。

——結果完全沒有幫上父親任何一點忙。

就在這個時候，賢吾看著路子的臉色，遲疑地先開了口。

「路子，要是……要是有什麼困難的話……可以說出來喔？」

「什麼都可以，不要自己一個人煩惱，不管是什麼事情……要是有困難，希望妳跟我說喔！」

「哎？」

「我可能沒辦法像妳媽媽那樣……但是……」

賢吾停頓了一下，下定決心似地抬起頭。

「即使這樣，我還是希望妳能跟我說。」

路子想起來了……就是這種表情。

不論是媽媽去世之前，還是去世之後，賢吾一直都是以這樣的表情，望著路子。

其實，賢吾一直都沒有改變。

只不過在那天之前，在路子的眼裡，只覺得那是憤怒的表情。

「快去做功課！」

「早點睡覺！」

「不要玩到三更半夜！」

「交朋友要慎選人！」

「不要穿那種衣服！」

那樣不行，這樣不可以。

但無論何時都一樣，同樣的表情、同樣的心情，一直注視著路子。

路子是被自己的偏見蒙蔽了，才覺得那是要壓迫她的態度。之所以覺得跟父親很疏遠，完全是因為內心的成見。

「啊，那個，」

她竟然一直都沒有察覺。

「爸爸，我……」

「嗯？」

「我，我懷孕了。」

路子垂著視線，望向杯中搖晃的咖啡。

她不知道賢吾現在是怎樣的表情，但耳邊傳來賢吾吐出一口氣，然後又深呼吸的聲音。

——他可能會生氣。

路子心裡這麼想著。

站在父親的立場，會生氣也是理所當然。現在的路子二十五歲，但在賢吾眼裡只是一年前剛剛離開鄉下到東京、不到二十歲的女兒。

「對方說要跟我結婚……」

即便如此，現在的自己還是想告訴爸爸。

——因為再也見不到面了……

路子抬起頭頓時愣怔住，賢吾的眼神非常寂寞。

離開父母、獨立生活的女兒，或許在送路子去東京的時候，賢吾就已經預感到這一天不遠了。

「這樣啊！」

他略帶苦澀的微弱回應，想露出笑容，眉頭的縐紋卻更深了，讓他看起來像是在生氣。

不過，路子想說的話並不是這些。

「可是，我很害怕。」

她的手顫抖不已。

「我這種人……配得到幸福嗎？我對爸爸說了那麼多過分的話……爸爸一直一直在擔心我，我卻完全沒發現，不予理會只顧著自己……」

——還把爸爸趕走了。

要是那個時候，沒有把爸爸趕走的話，爸爸可能就不會死了。路子痛悔當時滿腦子只想到自己。

「但是……」

「沒關係的。」

賢吾打斷了路子的話。

「我是妳爸爸，妳對我兇什麼的不重要，只要孩子健康就好，做父母的都是這樣。」

「爸爸。」

路子悔愧地掉下了大顆的淚珠。

賢吾無措地望著路子，苦笑起來，對著掉眼淚的女兒，他有些愴惶。

「啊，這個，」

他突然想起了什麼，彷彿像是要躲避路子的視線一般，伸手從腰包裡取出兩樣東西，放在路子面前——存摺和印章。

「剛好我帶來了。」

賢吾如釋重負地微笑說道。

「爸爸……」

嗶嗶嗶嗶——嗶嗶嗶嗶——

警鈴響了。

「啊！」

路子不由自主地叫出聲來，抬頭與年輕的數視線相交。

——時間到了。

數一言不發，緩緩地點頭。

「爸爸，我……」

「絕對沒問題的！妳一定會得到幸福的。爸爸所期望的，也就是這樣而已了……」

那是非常溫柔的表情，我出生的時候，爸爸一定也是這樣的表情。

嗶嗶嗶嗶——嗶嗶嗶嗶——

「我去一下，洗手間。」

趁著警鈴響了，賢吾站起身來。

「爸爸！」

路子慌亂失措地叫住走向洗手間的賢吾。

——這可能是最後的道別了，但我還有很多想說的話沒說啊！

「……嗯？」

賢吾疑惑地回過頭。

「我，」

路子努力拭去臉上的淚水。

「能當爸爸的女兒，實在太好了。」

她竭盡全力地露出帶淚的微笑，表情可能有點扭曲，笑容可能有點不自然也說不定。但是，她仍舊希望帶著笑臉目送父親離去。

——爸爸特別帶了我最喜歡的章魚燒過來，一定是想讓我高興，希望看見我的笑臉。

路子打心底這麼希望。

——爸爸最後看見的我，是滿面笑容的，這樣就好了……

「謝謝。」

路子突然這麼說道。

「……嗯嗯。」

賢吾愣怔了一下，然後他抽了抽鼻子，快步走進了洗手間。

直到看不見賢吾的身影之後，路子吁了一口氣後，將咖啡喝完。

一瞬間，身體變得飄飄然，周圍的景色又開始從上到下流動。

——我要回去了……回到沒有爸爸的現實。

她的眼中依舊映著賢吾愉快的笑臉。

——爸爸笑了，真是太好了。

路子慢慢閉上眼睛。

才剛回過神，去洗手間的白衣女子正站在路子面前，而櫃臺後把長髮綁成馬尾的女服務生，正凝視著這裡。

——成人的數。

她回來了，回到現實了。

「滾開！」

眼前穿著白色洋裝的女士斥責道。

路子慌忙讓出座位，她沒有閒暇回味剛才發生的一切。

白衣女子一坐下，數用托盤端著新的咖啡走了過來。

「怎麼樣了？」

數一邊問道，一邊撤下路子用過的咖啡杯，把新的咖啡放在白衣女子面前。

「我，」

喀啦哐噹——

路子正要開口時，牛鈴響了，佑介走了進來。

「小路。」

佑介的聲音十分沒有底氣，他和路子之間也保持著幾公尺的距離。

路子驀地想起白天時，自己說著不要跟他結婚，也因為那句話，佑介和她保持了距離。

「絕對沒問題的！妳一定會得到幸福的。」

爸爸說的話仍在耳邊迴盪。

路子主動走到佑介面前。

「我想和這個人，一起幸福快樂地生活下去。」

她突然轉頭對數說道。

這是她對剛才數問：「怎麼樣了？」的回答。

「哎？」

路子的態度和白天有了一百八十度的轉變，佑介露出愣怔的神情。

「這樣啊！」

數平靜無波的臉上，微微露出笑意。

「是的，我想……爸爸一定也會祝福我的。」

路子手上緊握著賢吾給她的存摺。

嘟嘟嘟嘟——嘟嘟嘟嘟——

此時，裡面房間的電話響了。

路子和佑介跟數微微頷首示意後，並肩離開了店裡。

喀啦哐噹——

路子他們離開後，流抱著美紀從裡面的房間走出來，美紀可能是剛剛哭過，眼眶濕潤。

「妳還記得門倉先生嗎？」

流對著櫃臺後方的數說道。

營業時間早就過了，數正在收拾東西。雖然說是收拾，只不過是清洗用過的餐具，輕輕擦一下地板，然後把外面路邊的看板收起來而已。

「嗯。」

數回應了一聲，走進廚房。

流抱著美紀，走到店外去收起路邊的看板。

店裡除了白衣女子之外，沒有任何人在，整間店只剩下大落地鐘咔喳哐噹的走動聲音。

數把餐具洗完，流也收起看板回來了。

「然後呢？」

「啥？」

「門倉先生。」

「啊！喔喔。」

流分明沒有忘記，卻還是誇張地搔搔腦袋。

「他剛剛打電話來說，他太太清醒過來了。真是奇蹟啊！」

他跟數講了這個好消息。

「這樣啊！」

「嗯嗯。」

「太好了！」

「……是啊！」

「嗚哇啊啊啊——」

美紀握緊小拳頭揮舞，大聲地哭鬧了起來。

「唉喲，該喝牛奶啦！」

「啊！那麼我去準備。」

數說完，走進了廚房。

「不好意思。」

流一面哄美紀，一面拿起放在收銀機旁邊的相框，照片中是笑容可掬的時田計。

計是流的太太，生下美紀之後，就不幸去世了。

在那之後，季節流轉——

有人在這家咖啡店裡回到了過去，有人沒有回來，也有聽了規矩就放棄的人……

「日子過得真快啊！已經一年了呢！」

流望著計的照片咕噥道。

「是啊！」

「謝謝。」

流把相框放回收銀機旁邊，接過數遞過來的奶瓶。

「要不了多久，這傢伙也會長大。長大了之後……」

「嗯。」

美紀在流的懷裡，津津有味地吮著牛奶。而相片裡的計，彷彿也正幸福地望著美紀這幅模樣。

看起來就是這樣。數如是想著。

（全書完）

【給台灣讀者的作者後記】

致台灣的各位讀者：

自二〇一九年二月有幸參加台灣舉辦的國際書展以來，已經過了三年，新作《在說出再見之前》終於在台灣出版了。

在系列第三本《在回憶消逝之前》出版之後，我因為各方面的壓力而陷入了創作瓶頸。整整有一年的時間，一行字都寫不出來。不論如何書寫，就是覺得不對，完全寫不出感動人心的驚喜感。

那真是一段非常痛苦的時期，我意識到自己還是個不成熟的小說家。

其中的原因之一，是我一直認為這個系列，以《在咖啡冷掉之前》、《在謊言拆穿之前》跟《在回憶消逝之前》三本就完美畫下句點。

然而，接下來該創作什麼？自己卻完全沒有頭緒，就像是沒有目的般地徬徨失措。我想創作，卻找不到好的靈感，或許也可以稱之為油盡燈枯症候群吧！

就在此時，新型冠狀病毒肺炎橫掃了全世界，各種旅行都受到限制，就連在日本境內移動都十分困難。

想見面卻不能相見，經歷各種痛苦離別的人應該也不在少數吧！我最好的朋友就因無法參加住在遠處親人的葬禮，連最後的道別都沒辦法做到，真的是很遺憾的事。

那個時候，我突然靈光一閃。

系列故事的時間軸，都是間隔七年，或許在這七年間還有沒寫出來的故事。來到〈纜車之行〉這家能回到過去的咖啡店的客人，並不只有在系列作裡登場的人物而已，一定也有「沒能說出再見的人」吧！

我漸漸覺得自己還有該寫下來的故事，於是，這本《在說出再見之前》便誕生了。

故事的時間點，是《在咖啡冷掉之前》的一年後，也就是《在謊言拆穿之前》跟《在回憶消逝之前》的回溯。在這段時間，白衣女子的身分、去北海道的原因等，都尚未揭曉。我想帶著大家回到還沒有講過故事的「某一天」。

當然，這或許可能會讓讀者感到困惑。即便如此，我也不想因為沒寫而後悔。只要回過到過去的〈纜車之行〉還有感人的故事，我就覺得自己有繼續執筆寫下去的使命。

我想將此書獻給所有沒辦法說出「再見」的人，即便言語傳達不出來，您的「思念」一定可以傳遞到的。

非常感謝台灣的讀者們一直以來的支持。

衷心感謝各位。

川口俊和

在說出再見之前

作　　者　川口俊和
　　　　　Toshikazu Kawaguchi
譯　　者　丁世佳 Lorraine Ting
發 行 人　林隆奮 Frank Lin
社　　長　蘇國林 Green Su

出版團隊
總 編 輯　葉怡慧 Carol Yeh
日文主編　許世璇 Kylie Hsu
企劃編輯　許世璇 Kylie Hsu
責任行銷　姜期儒 Vina Ju
裝幀設計　許晉維 Rita Chiang
內文構成　譚思敏 Emma Tan

行銷統籌
業務處長　吳宗庭 Tim Wu
業務主任　蘇倍生 Benson Su
業務專員　鍾依娟 Irina Chung
業務秘書　陳曉琪 Angel Chen
　　　　　莊皓雯 Gia Chuang
行銷主任　朱韻淑 Vina Ju

發行公司　精誠資訊股份有限公司　悅知文化
　　　　　105台北市松山區復興北路99號12樓
訂購專線　(02) 2719-8811
訂購傳真　(02) 2719-7980
專屬網址　http://www.delightpress.com.tw
悅知客服　cs@delightpress.com.tw
ISBN：978-986-510-217-3
建議售價　新台幣360元
初版七刷　2024年08月

國家圖書館出版品預行編目資料

在說出再見之前／川口俊和 著；丁世佳譯. -- 初版. -- 臺北市：精誠資訊, 2022.04
面；　公分
譯自：さよならも言えないうちに
ISBN 978-986-510-217-3 (平裝)
861.57　　111005672

建議分類｜文學小說・翻譯文學

在說出再見之前
川口俊和
明知道終將離別，
卻沒想過
會是「那一天」——
人生有分歧點，
後悔是一瞬間的事！